蓝：陪安东尼度过漫长岁月 VI

a journey, through time, with Anthony

安东尼 著

2020—2022

芬兰有很多的湖泊和树林 植被和树木很相似 很容易走丢

经常有人散步的森林 会有这样的标识 每一个颜色代表一条路

不同的难度和长度 每走几步 就能看到相同的颜色 知道自己没有走错

湖南文艺出版社
HUNAN LITERATURE AND ART PUBLISHING HOUSE

2020年 我来你的学校 这时候你已经离开中国了 我只是故地重游
不过因为疫情封校 没有让我进去 在外面走了一大圈 风很大

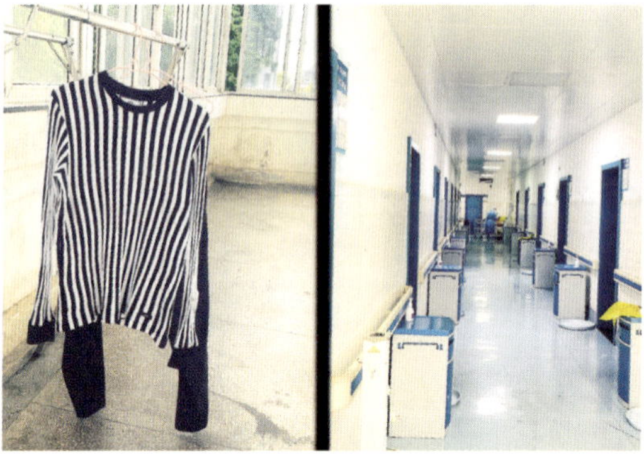

在方舱医院里 一直穿着这个条纹衣服 感觉很像病服 很贴切
觉得很幸运自己在云南的方舱 吃得很好 天气也很不错
每天室内紫外线消毒的时候 就戴着口罩 坐在门口的小桌上

a journey, through time, with Anthony

那谁爸爸不让我去外面投币洗车的地方洗车 说会刮伤车表面
不知道他平时怎么洗 / 中午一起吃饭这个阵仗 也是很夸张 好多玻璃杯和盘子
我包了馄饨 所以他们准备了筷子 不过我太紧张了 馄饨没完全熟

终于来到心心念念的葡萄牙 和我想的有一点不一样
但还是觉得老了可以住在这里
像棉絮一样的松树林 真的存在的 吃了好多鱼

a journey, through time, with Anthony

在爱尔兰 差不多拍完这张照片 我的钱包就掉了 却又不清楚掉到哪里了
因为艺术节 城里满是世界各地的人 想说肯定找不到了 击剑给了我几百块花
没想到过了三天收到警察局的邮件 说 恭喜你你的钱包找到了

芬兰非常有名的建筑师的家 那谁之前在这里做导游 说下午没人的时候
就去卧室睡一觉 / 洗手间这个面池很像小便池 但我很喜欢
感觉水不会溅得到处都是

每次到悉尼 我都尽可能住爱彼迎上的这个公寓 感觉好像成了一个当地人
旁边有我认识的理发师 有熟悉的瑜伽馆 健身房 和餐厅 公寓楼上还有一个能
看到 悉尼歌剧院的露台及泳池 春天的时候 院子里的树 开满紫色的花

悉尼有一些不错的花店 它们习惯把玫瑰的花瓣翻过来
这样一朵玫瑰变成两朵大 非常热情和妖娆 我之前不喜欢动花瓣
因为会减少它的寿命 但悉尼旅行后 偶尔 我也开始翻了

墨尔本有很多这样可爱的小店 我一直也想开一个
过去一年选了几个 都没成功租下来
希望下一本书里能顺利实现 有一个自己的小店

在墨尔本南边又发现一个很美的公园 就在我喜欢的餐厅旁边
Attica 是澳洲最好的餐厅之一 我很喜欢它的主厨

2020年刚开始的时候 在拍摄 澳大利亚旅游局的宣传片 团队里的人都特别酷
拍摄结束 我们在公园吃烧烤 很喜欢他们
可惜那个视频因为疫情 不了了之了

疫情期间第一次回国 在隔离酒店 进来第二天买了鲜花
收到那谁寄来的望远镜 那谁站在街对面 我一边看望远镜 一边语音通话
比视频有趣 晚上我用它来看对面办公楼里加班的人

我很喜欢吃咸鸭蛋 但这东西吃多了对身体不好
隔离的时候 我允许自己每天吃一颗 两周的时间 很快 也过去了

《方长》出版之前 Harry 每天到我家来工作 做饭 拍摄 弄食谱
两个人吃了很多好吃的

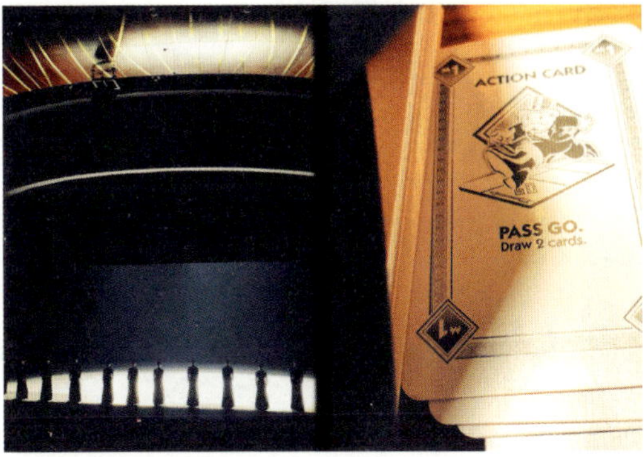

陶身体的表演在 墨尔本看过两次 上海也看过好几次

每次都很羡慕舞者的体态和对身体的控制 都会想说 如果我也会跳舞就好了

我和那谁玩得最多的游戏就是这个 大富翁Deal 的牌

很喜欢穿白衬衣

每次攒五六件一起洗 很有成就感

a journey, through time, with Anthony

好的理发师 真的很难找 我在墨尔本有一个来自日本的理发师 是个胖胖的姑娘
非常可爱 她的婚礼我帮她安排的花捧 后来忽然有一天她说不想理发了 想去炒股
我觉得不太靠谱 那之后在墨尔本 一直胡乱找人剪 十有八九都不满意
上海理发 经卤猫介绍 我一直去Up hair 非常喜欢 Takuya 理发很厉害 性格也很好

经常把手这样伸出去 想要抓住阳光
其实什么都抓不住的
置身其中就好

a journey, through time, with Anthony

刚搬到Adams st（亚当斯街）的时候 家里什么家具都没有
朋友来家里就坐在地上吃东西 喝酒 后来皮特 借我一张临时的桌子
我铺上不用的床单 用起来还挺好
就这样坚持了一个月

厨房的窗子 正好能看到对面犹太人教堂的穹顶 据说我家之前是个犹太人区
现在很多人都搬走了 但教堂周末还是很多人来 那个时期 历史原因
很多犹太人不喜欢用煤气 所以 我们这片楼 很多家 做饭只能用电
整齐排列的 调料罐 让人喜悦

a journey, through time, with Anthony

买植物的时候 看到了这个紫色叶子的花 特别喜欢 没问价格就要了
结账的时候发现要四百多 当时就后悔了 觉得不值
但买东西的男生 太帅了 又很热情 我没好意思 还是付钱了
后来我回国 把这盆植物送给Jess了 她照顾得很好

墨尔本经常会出现这样美丽的晚霞 火烧云可能就是这个意思
我在上海的时候就很想念墨尔本 在墨尔本 又想回上海
我的问题可能就是选择太多了

a journey, through time, with Anthony

我特别喜欢小酒馆里 一群朋友聊天喝酒的样子 在上海 出去吃饭 经常看到一个饭桌上的朋友 没怎么聊天 都在刷手机 我自己偶尔也会这样 我经常觉得这样不好 但中国确实发展速度快 中国人的效率也高 但我又会想 发展这么快要去哪儿呢 效率高了 生活真的有变幸福吗 不清楚

家里能用落地灯 尽量不用顶灯 会让房间的感觉舒适很多 而且顶灯对头发稀疏的人很不友好 我最近在想 清代留那种发型 真的是M型秃患者的福音

搬去新家 第一个想买的植物就是紫藤 小小的一株 结果第一年就开花了

这是我那年 最喜欢的一次旅行 / 我经常 想起你

很多人都很喜欢海 说在海边很放松 我也喜欢海 但不想住在海边
在海边 我经常觉得喘不上气来

我们吵了一架 你又原谅了我 我请你坐摩天轮 在最高处 没好意思亲你

认识你之前 每次看到好的风景 都觉得只有一个人看 糟蹋了

现在再看到好的风景 觉得值了

你的公寓和你一样 干干净净 而又诚实的样子

冬天的时候 湖水结了冰 很多人在上面散步

a journey, through time, with Anthony

在芬兰的高速公路上穿行 你指着高速公路上面的架桥说

高速公路 经常穿过森林 所以 每过一阵子就会有这样的桥

这样森林就不会分开 动物还可以通行

我在想象 傍晚时分 太阳刚刚下山的时候

一只驯鹿走过这桥 探望一只熊

这本书 送给Echo

2006年 机缘巧合 打开了你的Space（空间） 兔子男孩拎着气球

掠过稚嫩的笔触 上面写着 陪安东尼度过漫长岁月

这么多年 我们做到了

爱不是用一点就少一点的蓄水池

它是泽被万物而不争的海洋

序

唯有陪伴无尽处

“请多多关照！”距离我第一次对安东尼说出这句话，已经过去了十多年。彼时的他是《最小说》的当红作家，身上已然散发出独属于他自己的光环。而我作为一个工作没几年的年轻打工人，面对他时自然有些诚惶诚恐。但很快，我便发现他这个人实在是没什么架子。他跟人说话时坚定地看向对方的眼睛，和开口之前习惯性地抿一下嘴唇，都让人愿意毫无保留地信任他，于是亲近就是水到渠成的事情。

他会告诉我他正在做的事情，也会关心我最近的状态。当然，我们交流最多的还是工作内容。作为安东尼的责任编辑，我有很重要的一项工作任务就是催稿。有很长一段时期，安东尼在《最小说》杂志上除了有自己每个月固定的专栏写作，还有与插画家Echo合作、和摄影师Harry合作的图文版块，每个月都是时间紧、任务重，往往感觉还没有休息多久就又开始了新一轮的兵荒马乱。

看到他发布了一张风景照片，我说："看到美景难道不是充满感慨吗！到家写起！"他跟我说和朋友去看星星了，我赶忙回他："看好星星正好有很多情怀想书写！"过生日祝福他的同时，我不忘记嘱咐："这几天应该感触挺多的，快细细写下来！"这样一轮又一轮地施压，在安东尼的生活中，我十足就是那个煞风景的存在，不知道当时的他在面对各种各样的状况时，脑海中有没有响起一个背景音说"赶快写下来"。

温柔的安东尼对此并不恼火，总是答应下来，并且保证"今天不交稿我就是小狗"，紧张兮兮的我又被他逗乐了。他做过最狠的保证，是"明天不交稿我就一辈子找不到对象"。

我非常理解拖稿这件事肯定不是故意为之，实在是他的日常生活被填得太满了，公司的"下一站"文化交流项目、他新成立的设计工作室等。被催稿时期的安东尼从来没有玩过失踪，态度也诚恳无比，因此尽管我看着越来越近的杂志截稿死线还是忍不住焦虑，却也始终相信他的稿子会战胜我们之间的距离和时差而出现。这个过程中，有一来一回的拉扯，更有做梦梦见收到稿件了，醒来发现美梦成真真心实意的开心。

或许正是因为我是给安东尼制造压力的人，所以我见过鲜有的消极的安东尼。平常的他看似都很随意，但其实他对于自己要做什么、怎么做，心里都十分有谱，因此他总是游刃有余的。赶稿不顺利的安东尼却变得特别消极，觉得自己的文字一无是处，觉得写作这件事情他必须马上停掉才是正确的。

就在我忧心这种消极状态会影响他的写作之后，我收到了他的稿子，那个消极的安东尼又仿佛完全没有存在过。我会惊叹于他以独特的视角来解读生活中再熟悉不过的事物，也会被他细腻的亲情描写感动得流下眼泪。我早已过了会将心动的句子手写摘抄的年龄，却也忍不住将一些语句在心里默默地念了又念。

打开《蓝：陪安东尼度过漫长岁月VI》的文档，随意翻看着——

面对情感他写道："爱不是用一点就少一点的 蓄水池 它是泽被万物而不争的 海洋"

面对生活他写道："人生很像俄罗斯方块 不要总纠结于把每一个空都填满 有一个东西放错了 不用纠结 只要不乱了阵脚 终有一日那些没有被填满的缝隙都会过去的"

面对爱人他写道："给你写信 刚下笔 写了亲爱的 还有你的名字 就感觉自己好像变成一条小狗 躺在泥地上 有人挠我肚皮"

如此这般闪着光的阅读时刻，在"陪安东尼度过漫长岁月"系列的书里比比皆是。

十年前我给"陪安东尼度过漫长岁月"系列的新书写宣传语，道——

"他是生活的天才，他贩卖美好的生活方式，他对生活的全身心投入使得对于他来说，每一天都是新鲜的、未知的、并且充满活力的。

"他是心灵的捕捉者，他真诚而温柔地对待每一份情感，因而在他的世界里，人与人之间都是流动着脉脉温情。

“他是文字的驾驭者，不管是身边真实的故事，还是生活中微小的片段，或是非同小可的感悟，甚至是常人小心翼翼想要隐藏起来的秘密，他都用与生俱来的具有亲和力的文字在你耳边倾诉，看似简单的语句却有着击中人心的力量。”

十年过去，这些看法一点儿都没有改变。

纯粹的、松弛的，又氤氲着些许烟火气的安东尼对我说：“蓝你一定要参与进来 写什么都行 对我来说 比较有意义”，于是有了这样一篇文字。他不知道的是，对于我曾经所做的一点点微小的工作，让那么多文字作品保存于这个世上，细枝末节的言语之中深藏的那些撼动人心的力量，它无法被复制也很难被模仿，它将会比我有限的生命更加长久。每每想到这里，顿感参与其中的自己是何其有幸啊！

仍然是那句话：陪你，也是陪我。

卡卡

2023 上海

我喜欢我是流动的

序

深心尽处抱轻蓝

不知道这句诗词 是不是说 归根结底心里有淡淡悲伤

这本书距离上一本《青》 只有一年 其实出《青》的时候 已经写到2021年底了 但倔强地要把青停留在2020年初 不想让疫情在陪系列里跨越两个颜色 至于什么时候出《蓝》 我也不清楚 好在 去年年底一切似乎戛然而止 又回到之前的日子

关于疫情的事情 我们已经很少提及了 我觉得遗忘没什么不好 也许是人对自己的一种保护 但如果就此遗忘 又觉得哪里不对 于是《蓝》把这些日子囊括了

书出多了 经常一本本对不上号 后来想了个办法 和葫芦娃对上 《红》 涉世之初一身蛮劲什么都不怕 都敢写 也不害臊 《橙》 因为第一本书出版 好像一下子去了新的平台 自己开始旅行 开始听众生 见天地 到了《黄》 生活好像发生很多转变 毕业

电影开拍 也有人来说合伙开饭店 做公司 却也没觉得多着急 或者多期待要把自己和这些事联系很紧密 固执地不想 也不觉得需要变化 总觉得和这些事有距离感 在疾速变化的那几年 以不变应万变 到了《绿》 回了国 因为电影出了 被更多人知道 火了一把 更多的旅行 和对自己的探索 《青》 遇到了那谁 总算谈了场棋逢对手的爱情 感情如水充满了 一个个章节 到了《蓝》 真的隐身了 哈哈哈 不是居家 就是酒店隔离 一点五米的距离 口罩之后 回头望去像一场梦 这么一想非常贴切

那下一本要怎样呢 紫娃有个葫芦 什么都能收进来 也许是见天地 见众生 见自己后的通透 什么都可以收住 但我觉得够呛 到不了那个档次 到时候再说

和林壁炫聊天 我说《蓝》快出了 写了快二十年自己的事 也是有点恬不知耻 他说 这是你的福分 不用想太多 受着就好

他问会不会有一点 刻舟求剑的感觉 我后来想 可能有刻舟 但没有求剑 在那样的时间 那样的水面画上一笔做个记录 岁月如深海波浪 掉了的东西 也就掉了 船上的记号也只是记号而已 甚至不是用来怀念 祭拜的符号

可能求的是 刻下记号的那个瞬间吧 或者 甚至什么都没有求 只是记录了下来而已

说了这么多不明确的事情 但有一件事 我反复地告诉自己 海水它不是蓝的 我们所看到的蓝 其实只是光 它由七个颜色组成 颜色越往后波长越短 越不容易被海水吸收 所以更容易看到而已

所以站在倒数第二本《陪》的节点上 即使它是蓝色的 也要

清楚地记得每一页都有光 记住朋友的问候 真心的笑容 坚强面对困难的决心 对陌生人的关怀

带着这样的心情 可以拥抱每一个颜色

接下来就是最后一本了 我对它充满期待

安东尼 上

二〇二三年二月于上海

蓝：陪安东尼度过漫长岁月 VI

[2020年1月1号 一连着下雨]

去年十月份 好朋友可爱特 发来邮件说想去LA（洛杉矶）过新年 问谁有兴趣 群里一共有五个人 三个人都报名了 我本来对LA没有什么特别的印象 但因为好朋友都去了 于是也加入了 结果这次旅行成为我最难忘的一次跨年

早上去有名的酒店吃早餐 这里经常有明星出没 吃早餐的时候我们几个人都戴着墨镜装成酷酷的样子来融入环境 我喜欢前往卫生间路上的地面 瓷砖上浇了漆 有一种坚韧而又柔软的质感 卫生间和小便池放了很多冰块 有软软的毛巾和老式水龙头 我想住进去（哈哈哈开玩笑啦）

白天 和朋友看了很多很棒的建筑 朋友不时地说这里拍过什么

什么电影 好莱坞代表着电影 而LA又是好莱坞的大本营 我们还去了一个很大的小吃市场吃午饭 世界各地的美食应有尽有 但看起来都不是很好吃 最后点了 金枪鱼三明治

在路上我们经常点吃的喝的 量都很大 一个人根本吃不完 海边有一家只做油炸食品的小店 旁边就是大肌肉广告 卖增肌蛋白粉的超市 我很想尝试一下炸奥利奥 但是忍住了

加油站的超市 有超大桶的冰镇饮料 那个杯子可以种一棵大号的兰花了 还有一种独立包装的保健品 各种颜色 大小 质地 放到一起 当早餐吃 应该也能吃饱了

去参观了Tom of Finland（芬兰的汤姆）的房子 房东热情地招待了我们 我第一次经历这样的house tour（房屋参观）由房子主人介绍各个空间 房子里放满了Tom之前的作品 大胆 性感又调皮 房东很喜欢我们几个人 我们在他家待了两个多小时 最后还一起喝了酒

我感觉这个房子有一种骨子里透出来的骄傲 这种骄傲不是自满 而是对自己的满意 找到了自由自在的生活方式

下午我们住进了爱彼迎上订的 好莱坞山上一个很气派的公寓 这里之前有人来拍过杂志和电影 爱彼迎的房东非常严格 发来好几

页的房屋介绍和规则 我在新年夜之前发消息给房东 告诉他晚上准备叫两个朋友来家里吃晚饭 我保证不会很吵 也不会很晚结束

房东回了邮件说可以 但不可以party（聚会）如果房子有任何损失 他会告我 我是第一次被人这样威胁 觉得莫名其妙 同时也觉得这很LA 在街上开车 经常能看到律师的大广告牌子 想到《风骚律师》这部剧

大家都很激动 上上下下在房间里走动 我们的后山上 还有一个全铜的露天浴盆 可以俯瞰山脚的城市 可爱特 从澳洲给我们每个人都带了新年礼物 2020年就要开始了

大家决定去海边走走 然后去超市买吃的 一起做晚餐跨年 Santa Monica（圣莫尼卡海滩）和Venice Beach（威尼斯海滩）比起来 我更喜欢后者 就感觉更有人情味 日落之前和朋友开车从市区过来 开了一个多小时的车 在沙滩上坐了十几分钟 天慢慢暗下来 沙滩上有跪在那里祈祷的老人 有互相依偎的恋人 和跑来跑去的小孩

朋友跑去海里游了会泳 太冷了 又跑回来 后来天色彻底暗了下来 广场上的路灯 还没点亮 篮球场上依旧有少年的身影 远处的天空 美得像个梦

和纽约比起来 洛杉矶的建筑显得非常不显眼 出了市区基本上

就没有高楼了 经常看起来旧旧的 但不显得落寞 而是有一种平易近人的感觉 植物的长势真是“恬不知耻”般的茂盛

开始朋友组织的时候 我不明白为什么要来LA过新年 之前来过两三次 也没有太多感觉 这次和朋友一起来 坐在敞篷吉普车后面

十二月洛杉矶的阳光洒在身上 我们在城市里穿行 我一下子体会到了LA的魔力 这是一个看起来平淡无奇 但是有梦诞生的地方

每一个转角似乎都有它的故事 在这里过新年 再恰当不过 好像任何事情都不算个事儿 任何愿望都有可能发生

新年过后 我们叫了一辆出租车 开了几个小时 来到美国和墨西哥的边界 持有美国旅行签证 就可以直接通关去墨西哥 过了边境一下子寥落了起来 人们的状态也不一样了 我们在小吃店喝饮料吃东西 一旁的桌子有老妇和几个中年男子在吃饭 吃着吃着忽然唱起歌来 我觉得很好听 但感觉很悲伤

旅行快要结束的时候 大家都恋恋不舍 我们已经开始计划明年的跨年了 打算去伊斯坦布尔

[2020年1月10号 最近用Liang 这个名字比较多]

年末的时候去了次苏州 探访一个古宅 讲解员说 房子主人 左右分别摆放花瓶（罐子） 两张长短案子前后叠放 寓意 平平安安 2020年 就要开始了 也把这祝福 送给看到的每个人

[2020年1月12号 睡得不踏实]

前几天 你问我有没有看到 关于病毒的新闻 说国外的一些网站有报道 我说没有听说 两个人找来马特·达蒙的电影《传染病》来看 看完之后 你说 我们也许应该更关注一些 家里应该储存些吃的 我买了些消毒液和口罩 给老家也买了些

[2020年1月17号 喜欢大连机场]

我姥爷工作的时候 带着工厂发的薪水和百货公司买的层层包裹的糖果 坐绿皮火车 换汽车 盖着被子换马车 回农村过年

我爸工作的时候 带着我去附近的菜市场买海鲜 肉 水果 鞭炮春联 我们穿得厚厚的 戴着手套 手里的东西沉沉的

现在过年 打开手机 点点点 点点点 人还在上海工作 所有的年货已经到农村老家了 之前觉得年近 年货比较远 现在恰恰相反

过年的滋味虽然淡了 但心里还是盼望着的 这周完全没有工作的心思 就等着回家过年了 估计你也是吧

[2020年1月21号 之后很多人护肤 都会开始做减法]

那谁 不用护肤品 最近额头和脸颊 起了一些痘 问我怎么办 我说你洗个脸 涂个面膜 点我那个消炎用的萃取液在痘上 结果 这家伙敷上面膜后过来问我 多久可以摘下来 我一看 说你没点药水 那谁说 哦 然后掀开面膜 想点药水 我摇头说是要点在面膜上 湿敷的 于是帮着点了上去 就去收拾行李 过了三分钟 那谁问 现在怎么办 我说你要是觉得脸紧 就洗了 涂面霜 要是没什么感觉 就直接涂面霜 等我回房间 看到那谁 躺那里 在看新闻 脸上有痘的地方 星星点点涂了面霜…… 我觉得很无力 说 面霜 要涂全脸的……

[2020年1月24号 忽然之间]

上学的时候 学过一篇文章 叫作《为了忘却的记念》 之前不是特别懂 今天忽然想起来 感觉有点懂了 / 此时的感动 应该成为扎根心底的种子 在雨过天晴时 长成茂盛的树 / 医护人员在关键时刻保护我们 我们在和平年代 也要保护 爱戴他们/ 武汉的同胞们 我们心里有你

[2020年1月25号 酸菜饺子 只有家里的好吃]

勤洗手 戴口罩 / 不只是过年好 我要好 你也要好

二月在墨尔本有个拍摄 团队已经过去了 小茫和我说 我建议

你早点回去 不要影响工作

回到上海以后 机场基本上一半以上的人都开始戴口罩了 我想咳嗽的时候 都忍着去卫生间咳嗽 站在我们家落地窗前 看徐家汇公园前面的街道 第一次这么萧条 有朋友在群里问 谁还有口罩 因为我要回澳洲了 把我家里的口罩 闪送了过去

第二天一早去浦东机场 感觉半小时就到了

[2020年2月1号 又是夏天]

我还不错 墨尔本有个工作 回来一个月 / 住回之前的家 觉得跟什么都有距离感 / 家里什么都没有 不方便做饭 买了很多蔬菜水果 在家生吃 瘦了点/ 看新闻 和朋友圈 觉得很难过 基本不打开 / 夜深人静的时候去公园走走 / 墨尔本很热 家里没有音响 用手机放歌 Coldplay（酷玩乐队） 和 碧梨反复听 …… 有点莫名的抑郁 开始整理之前的照片 写一些东西 / 准备 把手头能做好的事情 先做好/ 买了跳绳 在楼道里跳 偶尔打在身上 红了几条

[2020年2月19号 大洋路坐了直升机]

今天去看了 《寄生虫》 不是很喜欢 我能理解为什么有人喜欢 但我还是很不喜欢 甚至因为它得了 奥斯卡最佳影片 而觉得不

爽 / 看了几个低分评价 才感觉好一点 / 此刻需要不二的一个拥抱

[2020年2月24号 墨尔本QT酒店 浴缸很好]

活久了 什么都会发生 最近 皮肤很好 脸太滑 洗脸的时候 狠狠地把小手指插进鼻孔里 满脸是血……

[2020年2月25号 发现了个新的公园 在犹太人的区]

锻炼结束后 趴在地上 教练帮我做拉伸 他按着我的胸 点穴 / 按着 胸腔的中部 他说 This is where you feel the sadness（这是你感到悲伤的地方） 按 往下两指的 地方 他说 This is anxiety（这是你感到焦虑的地方）他说如果你有朋友 觉得焦虑 可以轻轻地帮他拍这里 舒缓/ 我问 那爱在哪里 他说 Love is everywhere. And can fix everything.(爱无处不在。可以修复一切。) / 尽管我觉得有的时候他神神道道的 但他说的这句 我是相信的

[2020年3月3号 平阿姨说 我就是不怕折腾]

朋友出去玩了 我答应帮他浇花 晚上在刘家小厨吃了饭 喝了瓶酒 回去路上 跑去浇花 / 发现没带钥匙 于是翻墙进去 于是上半身 很多地方都被蔷薇划伤……刘家小厨真好吃…… 我现在听广播新闻 都感觉是 科幻小说 / 房子装修好之前 一直住皮特家 我新

家的街叫 Adams St 当初买这个公寓 因为一句诗 “I call him Adam because him I first loved（他是我的亚当，是我的挚友）” 有种 命中注定的感觉 / 前几天在邮局改地址 才发现 原来是 Adams St 深吸一口气 觉得不爽 感觉水性杨花 花枝招展…… / 但还是很期待搬进去 用做酒瓶塞的木头做地板 装了地暖 隔壁就是植物园 小小的单间公寓 还是定了长长的桌子 可以找朋友一起来吃饭和下棋

[2020年3月6号 住在日更线上是一种什么感觉]

去小托家吃饭 西蓝花奶酪意面 配 色拉 / 吃得很舒服 喝了一些 听了很多彼此最近在听的歌 说了些有的没的 / 我说我酒店没有水 他从后院用手电照着 找了根黄瓜摘给我 / 回去的Uber（优步）上 我发现 有只蜗牛 在上面 被按碎了……

[2020年3月11号 喜欢旧的东西]

那谁来墨尔本了 最近侧着睡 法令纹都出来了 / 那谁之前在芬兰过圣诞新年 中国年后 来墨尔本玩一周 然后我们一起回国 不过因为疫情 机票很难买 上海现在是从海外回来的需要居家隔离 我们决定 分开回去 结果那谁走了以后 澳大利亚这边颁布了新的条例 澳洲公民和永久居民 需要申请离境许可 才能离开澳洲 我申请了许可 改了机票 准备在澳洲老实待一阵子 搬去了 皮特那里 离装

修的新家更近一些 两个人一起住也有个伴

[2020年3月24号 早上喝温水苹果醋]

戴了口罩出门 才发现 原来很多人都开始戴口罩了 / 先去买了花 在这样的时期 也要努力把日子过好 / 体育用品店 露露乐蒙 耐克都没有瑜伽垫了 还好在两元店里找到 / 去买菜的时候 卖菜的阿姨戴了一个很旧的口罩 她说 你这个口罩好好啊 我说从中国带来的 她问你还有很多吗 我说不多 但我可以给你一个 结果我一翻包发现没有了 有点不好意思 / 她问你还会来吗 我想买一个 我老公年纪大了 他没有口罩 我很担心 / 我鼻子一酸 我说我下次来给你带两个 / 晚上做红烧大虾 和蛋炒饭

[2020年3月29号 Weibo（微博）日记]

墨尔本实行宵禁了 开始了比较严格的居家隔离 在更改规定的前一天我去剃了个短发 / 今天 做了 烤猪排 和 黄油吐司布丁 / 我和皮特去市场买鸭肉 他说要去一家卖家禽的店 我说我一般去 旁边那家 上海人开的店 我想支持中国人 皮特说 那澳洲人怎么办 我尴尬地笑 没说话 回家路上我在想 其实那对上海夫妇在澳洲住这么久 也在这里交税 他们也是澳洲人 我当时这么说就好了 / 我总是觉得 争执的时候 没有能好好地解释 抓住重点 / 开始习惯短发了

期待周六 体会到了追剧的苦（甜）/ 也许等甜剧看完 疫情就过去了吧 / 那时候头发也应该长出来了 / 更正下 现在不是短发 是光头

[2020年4月5号 我发现那谁很喜欢偷偷抠鼻子]

还记得 我之前 说 去市场买菜 问我还有没有 口罩的阿姨吗 后来 周五我又特意去了次 给她拿了两个 因为我剃了光头 她一开始没认出来 认出来后说谢谢 / 我说 一个给你老伴 一个给你 她问你还有吗…… 我心想 还要吗　还没等我说话 她说 我要一个就够了 你也要保护好自己 …… 我被感动到 说 我有的

这个世界会好吗 不知道 但应该不会太灰暗 每一个善意的举动 都是 一粒必定要发芽的草籽

我和皮特也好了起来 鸭肉太好吃了

[2020年4月6号 坐火车 去散步]

在上海三年 没用过钥匙 之前在法国逛街的时候 看到爱马仕有一个 挂在脖子上的钥匙包 特别喜欢 想象自己是脖子上挂着钥匙的牧羊人 可以挂着钥匙去买菜 去和朋友喝一杯 / 这次回来拿到钥匙 新公寓 还没开始装修 就想立刻把钥匙包买了 看了下价格 没舍得下手 …… 于是买了也不便宜的Martin Margiela（马

丁·马吉拉）…… 前几天收到 整个幻想破灭…… 大了一倍 戴在脖子上 根本不像牧羊人 像 戴了铃铛的牛…… 但拖了太久 现在也不能退了

[2020年4月8号 爸妈听说澳洲疫情严重 很担心我]

武汉解封了 想跳一支舞

[2020年4月9号 皮特买了香槟 帮我过生日]

每天十点起来 锻炼一下 做午饭 下午工作 做晚饭 一个星期出门一两次买东西 前几天墨尔本下雨 阴天 最近天晴 在客厅里 把房门大开 有新鲜的空气进来

[2020年4月24号 有一只黑猫叫 肯爷]

昨晚做梦 回到校园 有个开学仪式的演唱会 我和同学们去看 操场上全是学生 人挤人 我和同班同学们身贴着身 / 封城五周了 从来没有人 离我这么近过 感觉真好

[2020年4月26号 长了很多白头发]

每天早上起来我都很饿 感觉能吃很多东西 想吃包子 喝小米

粥 想吃奥利奥配冷牛奶 想吃谷物干果麦片 想吃香蕉 奇异果……感觉 在早上 这些都能吃下 但最经常吃的 是 两个鸡蛋加泡菜 / 最近经常有朋友问我 澳洲怎么样了 我也不知道怎么回答 感觉还不错 最近 我很少看新闻了 看新闻 和手机上的内容总是让我想这想那的 / 看书让我觉得安全 感觉是我在疫情期间 的旅行

[2020年4月27号 满街都是黄色梧桐叶]

今天晚上 去新家坐了坐 里面什么都没有 马上要装修了 / 能想象住在里面的样子 觉得会很好 / 从楼上下来的时候 看到一棵树很美 拍了张照 / 如果你今晚也是和我一样 自己睡 隔空送你一个吻 晚安

[2020年4月28号 蜜蜂是我最喜欢的动物之一]

今天本来要完成 三件事 第一件事是 收集娇兰的素材 学习以及发散 结果 从品牌的东西 看到蜜蜂相关 看了很多 也学习到很多 然后开始看 一个韩国男生怎么和蜜蜂交朋友[YouTube（视频网站）: pleasebe]一天下来也没做别的事 现在准备做晚饭了 / 喜欢Amber 感觉像脾气很好的初中同学

[2020年4月30号 花园里的秘密]

昨晚 看了圣罗兰的电影 觉得比另外一个版本要好 / 另外一个版本 给的信息太多了 / 相比之下 更喜欢这部的留白和意境 看完之后就想买件二手衣服来穿 在网上选了很久 但买衣服不试对我来说太难了 后来买了瓶香水 / 想赶快回去上海 拿回来我的圣罗兰皮夹克 在这里过冬 / 另外 看完这部电影 让我有每天锻炼一小时的冲动/ 我觉得还是瘦比壮好看 也觉得这个审美过几年能回来

然后今天就锻炼了 我Keep（健身软件）上的课程列表 名字叫 帅 / 也是挺俗一人儿

[2020年5月1号 也许 我们都太在乎脑袋里的事情了]

年前的时候 想着 今年本命年老老实实在墨尔本 或者上海 待着 不到处跑了…… / 结果这下可好 一年过去三分之一 基本都是在家待着

[2020年5月2号 当我感觉不到你的时候 我觉得我在大海里]

澳洲政府给个人提供补助 符合条件的 每两周 有一千五百澳元 一共给六个月 覆盖了四百七十万澳洲纳税人 / 按照条例 我应该可以申请的 但我没好意思 因为我在国内是有收入的 而且 我觉得肯定有更多人 比我更需要这些钱 / 但看到很多 比我条件好得多

的人 也申请了 也拿到了 还是有点不爽的 / 但又想想 很多人 因为这个疫情 失去了工作 自己还能继续写作 已经很幸福了 / 所以 人生 还是要 不断地想

[2020年5月3号 温水苹果醋]

快速地 算了下 如果每天只花三十澳币的话 假如活到九十岁那以后可以不用工作了 这么一算 感觉也没什么压力/ 倒不是说 我不喜欢工作 我喜欢做事 只是在墨尔本隔离太久 心里有点没底/ 给新家选电视 我觉得 作为80后 我对日本品牌还是有感情的 比如 索尼 夏普 松下 …… 但看了一圈后 还是选了 三星画框那个 设计真的太棒了 落地那个我也喜欢（上海家用的小米 我觉得也很好）其他的电器 包括灶台 洗衣机 烤箱 烘干机 都选了博士 / 淋浴 龙头这些选了 汉斯格雅

[2020年5月5号 Pantone Universe（潘通公司旗下的生活方式品牌线） 172]

昨天 看了 两个我最爱的女明星唱歌 / 今天又想好好做人了

不知道 Ukulele（尤克里里琴） 这个单词是不是 来自英文 我觉得特别美 / 可惜我 唱歌没调 否则真想学学 这个令人愉快的乐器

[2020年5月11号 很多事情 都能讲通]

今晚做了银什么什么菜 和烤小羊腿 / 西班牙辣椒虾 / 喝了 红酒 香槟 和 苏格兰威士忌 感觉齐活儿 / 准备不刷牙 不洗脸 上床去看 又甜又苦的*Normal People*（《正常人》） / 我的人人视频不好用了 又不能更新 下载了 Stan（软件） / 想 和 那谁再好好恋爱一回

[2020年5月 没网的时候 是怎么生活的呢]

差不多一月末的时候回来澳洲工作

三月初墨尔本疫情变得越来越严重 然后全国开始隔离 到现在差不多快八周了 从过年那段时间到现在 在疫情不断发展的大环境下 我发现 不光是自己的心态有所变化 相对应地 护肤的方式也有所调整 我觉得这个调整效果不错 不光是看着状态好 皮肤和以往比较也健康很多 这里和大家分享一下 这段时间里 我是怎么护肤的

疫情期间因为也不用出门工作 见人 加上去年年底 收到很多护肤品礼品 用得很杂 皮肤开始过敏 所以这段时间 护肤方面 我比较注重 休息 和修护

护肤做减法

这段时间我省去了洗面奶 爽肤水的步骤 朋友家背阳 很暗 如

果不出门 防晒我也不涂了

早上的时候就用温水洗一下 直接涂面霜

我之前每周泡澡的时候 会用磨砂膏 给脸做一次清洁 但这次回澳洲以后 给我做脸的爱丽告诉我 她不推荐我用颗粒状的磨砂膏 聊天的时候 我还提到 洗脸后 我喜欢用有一点酒精的爽肤水再擦一次 否则就总觉得脸没有洗干净 她说 那你就是脸没洗干净 她推荐我用洗脸巾洗脸 我试了以后 非常喜欢

每次洗脸以后都不会觉得紧绷 但同时又觉得毛孔都干干净净的 感觉后面用的护肤品也都吸收得很好

（这里补充一下 我不是护肤专家 我知道很多人都非常反对护肤品里有酒精这件事 其实我觉得也不用那么敌视 这个东西因人而异 比如我皮肤是 混合性的 偏油 我觉得爽肤水里 有一些酒精成分可以帮我镇定皮肤 只要后期注意补水就好了）

喝水喝茶

最近在家里明显感觉自己喝水喝多了 在厨房工作 旁边就是热水壶 每天都要煮三四壶水 小托在隔离之前给了我一个小保温杯 我差不多一天可以喝八杯 有的时候放茶包 有的时候 光喝开水我也觉得很好

早餐两个鸡蛋和泡菜 吃蜂蜜

为什么把早餐也加进来呢 因为我发现 只要我连续吃煮鸡蛋皮肤就会好 最近也有在家做运动 吃鸡蛋也是很好的补充蛋白质的方式 我不喜欢喝蛋白粉 大多都很甜 而且喝了以后很口渴 反正感觉怪怪的 煮鸡蛋和泡菜是绝配

吃一勺蜂蜜 之前会把蜂蜡吐掉 前阵子咬到舌头 有个伤口 最近我都把蜂蜡当口香糖嚼一嚼 两天就痊愈了

偶尔也会 吃一勺蜂花粉 想象自己 是一朵花

头部的护理按摩

我一直想理光头 但因为头型不是很正 加上我大学时候剃过一次 看着很像光头的宁静 不是很好看 所以十多年了 都没有再尝试过 赶上这次隔离 我趁这个机会把头发剃光了

感觉还是挺丑的 有头发比较好 短发显老 不过一直想体验的事情 做到了 也很满足

光头有一点好就是洗头非常方便 用热毛巾擦一下就行 还有一点好处是 头皮护理液 很容易涂 之前头发长的时候 用头皮护理液结果都弄在头发上 所以我总是坚持不下来 这次剃了光头每天都把化妆棉 蘸护理液擦头皮 发质很明显比之前健康很多

我觉得 less is more（少即是多） 也适用于 护肤 有的时候不同的产品层层叠叠地用 也不见得功效就更好

感觉皮肤恢复了弹性 现在偶尔刷酸 也不再出现过敏的问题 特别满意

大家可能发现我平时经常提到 蜂蜜 花粉这些东西 因为蜜蜂是我最喜欢的动物之一

我小的时候家里亲戚就有人养蜜蜂 有的时候我们会去田里看蜂巢附近蜜蜂振动翅膀时 发出嗡嗡嗡的声响 对我来说就是夏天的旋律 不知道为什么 相比之下 知了的叫声 有的时候会让我心烦意乱 但 蜜蜂的声响 总是让我觉得很平静 放松 充满睡意

我们家那个亲戚经常送蜂蜜 蜂王浆过来 我妈把它们放到冰箱里 小的时候就经常拿馒头蘸蜂蜜吃 蜂王浆我妈不让我吃 说是不适合小孩子 但我也偷偷吃过 没有蜂蜜好吃 有一种特别的口感 酸酸 辣辣的 这么多年 那个口感我还能记得

我小的时候被蜜蜂蜇过 但我现在也不怕蜜蜂 我深信蜜蜂是不会主动攻击人的 它们只有在感觉受到威胁和侵犯的时候才会蜇人 所以在户外如果遇到蜜蜂的话 我也不会躲 just let it "bee"（顺“蜂”自然）

蜂蜜是非常稳定的食物 是少数永远不会腐败的食物之一 但蜜

蜂其实非常敏感 近十年随着 人类工业化 智能化 对生态的破坏非常严重 导致全球蜂蜜数量骤减

也就是从那时起 法国娇兰为了保护蜜蜂 开始了多方面的合作和行动

先后建立了 黑蜂品种保护区 又与多个国家合作 为养蜂人提供专业的培训与技术

甚至组建了 蜜蜂学校（听起来就很酷 好想去读 我觉得 以后我搬去乡下 一定会养蜜蜂）

今年娇兰与山水自然保护中心合作 保护陕西秦岭的中华蜜蜂 守护养蜂环境

一个月前 我看 奥斯卡提名的 纪录片电影《蜂蜜之地》 感受很多 片子里质朴的女主角取蜂蜜的时候 只取一点点 她告诉男孩说 每次只能取一半 half for them,half for us（一半是它们的，一半给我们）

简简单单的一句话却道出了人类与自然和谐共处的秘诀
在这一点上娇兰做得真的很好

感觉国内疫情已经很稳定了 希望大家平安 也希望即使回归到正常的生活 这篇文字里的一些观点也可以给你一些启发

[2020年5月13号 接二连三地下雨]

现在不能旅行了 我每天用很多香水 假装自己在别处

已经三个多月没人碰过我了 我想等疫情再好点 我就去做个按摩 哪怕做个脸也好

[2020年5月18号 驯鹿皮躺椅]

昨天晚上做梦 梦见欧文和萌萌 我们和好多同学一起在操场上 跑圈 我看到萌萌在前面 就跑过去 我问她 我们是不是要毕业了 她用英文说 不是 是明年一月份 因为是她说的 我就深信不疑 结果醒过来 在床上想了很久 然后确定自己都已经毕业很久了 而且三十六岁了 然后就有点失落

[2020年5月25号 叫Dylan的男生 长不大]

最近墨尔本变冷了 我盖两床夏天的被子也还是凉 和森森去宜家 买了床 超级暖的鸭绒被 2米×2米 的 / 暖是很暖的 但不知道为什么 脚一直在外面 之前没有出现过这个状况…… 睡到半夜 冻脚 我在想 身高一米九以上的人 是不是一直有这个困扰

[2020年5月30号 我们穿商务舱的睡衣 吃饭]

在皮特家住了三个月 做的饭基本没有重复过 墨尔本买食材和

香料都太方便了 从澳大利亚BBQ（户外烧烤） 到 日本荞麦面 中国蒸鱼 和炸鸭腿 西班牙海鲜饭 北欧肉球 中东鹰嘴豆汤 不能飞的日子里 我在我的餐桌上旅行

[2020年5月31号 因为你 所以我]

把看到的 所有提到五月天的朋友圈 都赞了下 感觉是和大家一起看了演唱会 击了个掌 / 你们的歌 喜欢到 很多首都可以从头到尾跟着唱 但最爱的其实不是歌本身 是 这么多年以后 你们还在一起唱 我们还在一起听

[2020年6月1号 脑袋一转 停不住]

六月里 我每天做饭 寂寞和思念犹如洗碗机里的声音 没有棱角 有去时无 / 手里的橘子皮 对折 再对折 我有点想你 是洗手后手上仍然 残留的 些许香气

[2020年6月8号 买彩票 又中奖]

今天 天气很好 出来走走 / 我前面一个男的 三十岁左右 滑滑板 摔了两次 我快靠近他的时候 他又摔了下 / 我忽然压力很大 不知所措 拐了弯 绕路回家

[2020年6月9号 特别油的意面]

很长一段时间 我都以为 爱是一定量的 用完了 就没了 最近这段时间 我才发现 如果 对一个人 越是真挚地付出 小心地呵护 爱反而会变得更多 / 爱不是用一点就少一点的 蓄水池 它是 泽被万物而不争的 海洋

[2020年6月13号 你总是喜欢穿短裤]

吃炒饭 喜欢喝冷牛奶 / 吃拉面前想要吃一些甜点 / 不喜欢吃黄瓜 但特别喜欢黄瓜汁 这些都是我解释不清 但又执着执行的小事情

[2020年6月15号 吃饭太快 一吃就胀肚]

周三晚上 准备叫几个朋友来家里吃饭 皮特找了一个 杏脯土豆炖牛肉的食谱 我看着觉得很棒 我说还要做点米饭 他迷惑了 说里面已经有土豆了 不是吗 为什么还要准备另外一个主食 我笑了下 没有解释 心想 吃炸酱面都可以配米饭的 / 而且土豆 在大部分中国人眼里 也不算主食

[2020年6月15号 他说 感谢SK-II（思研丽）]

快三个月没见了 只能每天打电话 一起打游戏 但自从那谁 变

得狡猾 总能骗到 AI（人工智能）的钱 我就不太爱玩了 / 今天 我发明了一个新的沟通方式 两个人一起看电影 现在 两个人 一个在墨尔本 一个在上海 同步看《暮光之城》

[2020年6月22号 两分钟 平板支撑]

我发现 那谁也是 锻炼下来不怎么长肌肉的 …… 有一种 难以言喻的欣慰和喜悦

[2020年6月26号 胡子长得很慢]

二月来澳洲工作的时候 带了一个电动剃须刀 本来以为三周左右的工作 没带充电器 现在在澳洲住了四个月了 竟然还有电 还能用 觉得真的很厉害 / 电动剃须刀 没有手刮的干净 但比较方便 也不容易 泛红和割破 挺方便的

[2020年7月1号 进入冬天]

七月 / 我怀念那个去不到的 海滩

[2020年7月13号 *Find me*（《请以你的爱找寻我》） 不太好看]

来植物园看书 因为觉得做作 都不好意思抬头

[2020年7月14号 一直不习惯戴首饰]

毕业的时候 为了面试 “重金”买了 白衬衣 和一套西服 / 一直以来 我对白色衬衣 有不一样的情意 / 它 不仅仅意味着 走出了校园 进入了工作环境 / 同时也时刻提醒我们 即使在 “大人”的世界里 也要保持干净 纯粹 有好奇心 雷厉行事 简单为人

[2020年7月15号 时间不能倒退 也没有终点 / 分享]

上大学的时候 牙龈经常出血 我记得有一次去拔牙 医生说 你的牙龈不健康 应该是刷牙方式不对 然后推荐我用牙线

那一次我才知道 我刷了二十年牙 都只刷牙齿表面 但其实刷牙时候最主要是要刷 牙龈覆盖住牙齿 那个交界处的地方 要四十五度角刷那个地方 而不是刷平面

不过 即使刷牙正确 还是有一些地方是清洁不到的 所以也要养成用牙线的习惯 后来我妈在我的带动下也开始用牙线 她说 太棒了 也解决了牙龈出血的问题

我在旅行的时候 喜欢尝试一下当地的牙线品种 用下来 Clinica

（狮王）是最好用的 它是狮王旗下的 品牌

不容易断 不伤牙龈 使用过程中 会膨胀 清洁力度好 我在墨尔本没有看到有卖的 都会从国内带回来好几个

很多唇膏 涂上去很油 但并不滋润 涂了以后 总感觉它在那里没有吸收进去 想要用手背擦掉

澳洲木瓜膏不错 但那个当唇膏我觉得太腻了 如果嘴唇特别干睡觉之前可以涂上当个 唇膜 日常用下来 我很喜欢 海蓝之谜 的唇膏 不论嘴唇多干 每次用都能滋润到 而且那种滋润的感觉 可以延续很久 味道甜甜的 让人总想去舔 它的包装设计 也很有趣 不占地方 涂的时候 扭开亲一亲就好了

不二便笺 是我们淘宝店出的产品 我觉得特别可爱 一套三种 我给朋友寄东西的时候 都会用这个附上 留言 每次看到 心情都很好 我们淘宝的 名字是 安东尼和朋友的店

因为去年我很喜欢紫色 买了很多紫色的东西 裤子 外套 衬衣 T恤

有个紫色毛衣 粉粉的 又有点毛茸茸的质感 我在伦敦Officine Générale（法国男装品牌）的店买的 是一个来自巴黎的牌子

去年一年 穿这个衣服 得到很多夸奖

我自己觉得 可以在天冷的季节 也有一点春日的彩色 挺棒的

而且 这种面料 穿旧了会很好看 我喜欢穿旧了更好看的东西

所以 我也经常买旧衣服

Barbour（巴伯尔）的一个经典款 是那谁的衣服 因为我特别喜欢所以经常拿来穿 后来去伦敦 自己也买了件 一模一样的

Barbour是英国一个老品牌 做户外活动的时候穿的衣服 很多衣服看起来都很适合 在阴雨天配上个雨鞋 穿去田野里散个步 遛个狗 打个猎

我喜欢它很轻 但是很暖 脖子那里的面料很舒服 颜色也很容易搭配 有种英国中产阶级的范儿

从 三月份到现在 我和室友皮特 在家隔离 基本上天天做饭 两个人吃得喝得很好 我喝了很多 他收藏的葡萄酒 一般饭后我们就一起看个电视 这时候 他都要来一勺冰激凌配绿茶 而我会喝一杯马爹利 感觉特别助消化 让人放松 也不用喝很多 浅浅倒上一些 加一小块冰 喝得特别舒坦

蓝带入口的感觉很低调 它不像很多烈酒 一入口味道都散开来 它里面的果香 木香和香料的味道 都是 一点点释放的 好像是一个娓娓道来的故事 开心的时候可以来一杯 不开心的时候很适合来一杯 吃多的时候也可以来一杯 下肚以后就很舒服

[2020年7月19号 每天五页 / 我忘记了]

看完了 《黑钱胜地》 开始重新看《圣斗士星矢》 / 搜了下黄金圣斗士 大部分来自欧洲 双子座的撒加 加隆兄弟 射手座艾俄

洛斯和狮子座艾奥里亚兄弟 天蝎座米罗都是希腊本地人 此外意大利的巨蟹座迪斯马斯克 西班牙的修罗 法国的水瓶座卡妙 瑞典的双鱼座黄金圣斗士阿布罗狄 也都来自欧洲 / 金牛座黄金圣斗士阿鲁迪巴 来自巴西 / 天秤座黄金圣斗士童虎 和白羊座黄金圣斗士穆先生 来自中国 / 处女座黄金圣斗士沙加来自印度

[2020年7月29号 8 Oban St（奥本街）]

澳洲7频道 在重播2000年悉尼奥林匹克运动会 看了很激动/又接着看2008年北京奥运会开幕式 光是看到那个倒数 和大脚的烟花 就热血沸腾 想要流泪 / 很期待日本奥运会 全世界的人 能会聚在一起 为了更美 更健康 挑战人类的 体能 速度 耐力 和意志 光是想一想都觉得 振奋人心 / 另外 相比之下 短短八年 科技和人类风貌就有了巨大变化 还是得买股票 我觉得

[2020年7月31号 中国东航]

收到政府回信 说因为我是中国公民 而且过去几年都在中国住 所以现在离境算是回家 不需要申请豁免 感觉白等了三个月 买了机票 下周回国 / 给大家推荐个电影《男孩像他》 看了以后 心里装满了喜悦和温暖 / 看了纪录片 《艾米 》 心情很复杂 / 差不多半年没怎么工作了 接下来 要做很多事 补上 / 晚安

[2020年8月3号 都是从MSN（通讯软件） Space 开始的]

来自日本的人类学家写道

不用太担心将来的事 这世界上的生活方式 比你想象到的 还要多得多

没有喜欢的事情也没关系 但请珍惜每一个自己觉得有趣的瞬间 然后思考为什么会觉得它有趣呢

缺乏动力 没有干劲的时候 不用担心 这是你生而为人的证明 只有机器才会一直充满干劲

不必焦急于寻找自我 也不用一定要找到自己的独特性 请好好看清自己和什么样的人在一起最开心 最舒适 然后去寻找能和这样的人在一起生活的生活方式

[2020年8月5日 迷上了Ticket to Ride（乘车票）]

因为 澳洲永居的关系 本来打算今年年底 搬回墨尔本住 年初的时候就已经开始装修新公寓了 想说差不多半年可以装修好 回去正好能住

结果年初开始了疫情 所有的节奏都打乱了 之前安排回墨尔本工作一月末去 三月初回来 结果到了三月的时候 澳洲和中国的疫

情都变得严重 我当时想本身我也要 积攒在澳洲住的时间 并且 这段时间回国也没有什么工作 就不来回飞折腾了 把机票延迟 改到八月初

五月的时候 中国疫情已经好转了 那谁让我回去 结果 因为中国和澳洲之间 东航一周只有一趟 去悉尼的飞机 换不到机票 按照原计划八月回 疫情期间 澳洲公民和永居是不可以离开澳洲的 于是我申请了 离开澳洲的豁免

七月的时候 豁免的事得到回复 因为 我过去两年在澳洲住的时间不到六个月 所以不需要豁免 于是放心了 这时候 因为管理不当 维多利亚的疫情第二轮袭来 因为要去悉尼转机 我又得申请一个去悉尼的豁免 还好当下就申请下来了

我之前的房子租出去了 新房子还在装修 在墨尔本的这几个月 我都住在皮特家 他没有问我要房租 但我还是按照上海的房租 加上 水电等费用 每个月初给他房租 这是我妈提醒我的 她知道我在朋友家住 第一反应就是 一定要给房租

一起生活的这几个月 总体来说很开心 两个人都喜欢吃 喝 还有建筑 一起看了很多关于 建筑的纪录片 每天两个人换着做饭 另外一个人就负责打扫 几乎没有重样 吃得比饭店还好 一般他早上六点多起来 从八点工作到下午四点 我差不多十一点起来 从下午

工作到吃晚饭 晚上我们俩会一起看电视 两个人看完了《好莱坞》和 所有的《黑钱胜地》

八月四号 我要走的时候 墨尔本疫情更严重了 进入了 抗疫第四阶段 出门必须戴口罩 每天只有早上五点到晚上八点可以出门 每次只能出门一小时 一家一次只能有一个人出去买生活必需品 大家心情都很不好 说实话 这个时候走 我挺不好意思的 有一点担心皮特 和朋友们 装修的事情 因为疫情 进展也很慢 还好有好朋友可爱特帮我监工 她是那谁读建筑专业时候的大学同学 他们在伦敦AA（英国建筑联盟或英国建筑学院）的时候认识的

八月四号墨尔本飞悉尼 机舱的工作人员 戴着口罩 但看着也很轻松的样子 飞机餐照常 我要了一杯葡萄酒 晚上九点 到了悉尼在机场做了登记 被告知要乘出租车 去机场附近的酒店自我隔离只有进去房间以后才能摘掉口罩 第二天去机场的时候才能离开房间

第二天 乘东航航班回上海 扫了连续十四天登录记录体温的二维码 出关一切照常 也没有提到永居离开澳洲的问题 除了海关 我不想到处走给别人添麻烦 所以没去贵宾室 直接去候机的地方等着看样子 应该是满员 所有的人都戴着口罩 很多人 戴了护目镜穿了防护服 防护服我是觉得不太需要 但那个护目镜挺酷的

上了飞机以后 发现空乘全副武装 从头到脚都包上了 这样飞

九个小时 还要工作 觉得他们也真的是很辛苦 我身边的人基本上都没动吃的 上去就睡了 我中途太饿了 摘了口罩吃了东西 差不多七点半到了上海 国内的一切安排井然有序 先后填了信息 扫了二维码 测体温 做核酸 我做的是鼻拭子检测 不疼 但很不舒服 我看小四在朋友圈形容 感觉是伸到了脑袋里 我自己觉得好像是伸去了另外一个鼻孔 而且给我做检测的女生特别认真 把棉签转了又转 还等了十秒 然后我才知道 另外一个鼻孔也要做 尽管不舒服 但我觉得是可以忍受的 所以需要做鼻拭子检测的人 也不要太害怕 我觉得

所有这些 差不多半个小时就结束了 我拿到了行李 去徐汇区的会合点登记 因为那谁要上班 还有很重要的会 所以不能请假和我一起隔离 我们车上的人 基本都是一周酒店 一周家里隔离 我是两周酒店 加上飞了一天很累 心情很沮丧

到了酒店 在酒店的志愿者 很热心地给我们讲解 怎么付费 可以有快递 但不能叫外卖 所有吃的必须是密封的 每天送饭的时候会把快递送来 给了个塑料桶 里面有洗手液 冲厕所用的消毒剂 因为已经是晚上九点了 每个人还发了泡面

上海阿姨问 多交钱能不能选大一点的房间 志愿者说不行 房间都是提前准备好的 不能更换 上海阿姨发牢骚说 这酒店不好 这个隔离是骗钱

这时候我身边的小姑娘问 能不能叫奶茶 志愿者说不行 我旁边的上海阿姨说 那怎么办 我每天早上都要喝拿铁的 我在心里翻了好多白眼

我 上海阿姨还有她老公 和志愿者一起坐电梯上楼 阿姨问 这个酒店消防通道在哪里 志愿者说 你不可以离开房间的 阿姨说 如果着火了怎么办 她转过头 对我说 我觉得我在这里隔离非常不安全 我心里火大 想对她说 闭嘴 但忍住了 我对志愿者说 你们辛苦了（但后来一想 她问的也没错）

进了房间 地上 铺着塑料 好多灯坏了 我给那谁打了个电话 那谁看样子很激动说欢迎回来 等我周末去楼下来看你 我心想 还要等到周末 …… 我说 我心情不太好 别人在酒店住一周 因为你不能和我一起隔离 我要住两周 不多说了 我去洗个澡睡了 有点累 那谁说 抱歉 但因为工作我也没办法 我说我明白 明天我们再聊 然后就把电话挂了

[2020年8月7号 喜欢橘黄色]

因为疫情 墨尔本的装修 放缓了 / 但也没有特别着急 告诉 设计师 和做建筑的 不用赶时间 需要停的时候就停 注意安全 / 朋友问 你怎么一直在 搬家 一直在装修 我都笑着回答 狡兔三窟 / 要回来工作三个月 飞机落地后 非常有条理 有秩序地 做检测 安排隔离

筛查区隔离的板子上贴的标语 欢迎回家 / 心里很多感触 每一次旅程 都是回家 也是一种幸运

[2020年8月8号 苏州河那么美 大家知道吗]

有的时候 恋爱会从死心塌地地想在一起 到厌倦 和怀疑 虽然还是很在乎 但已经 不是很快乐了 / 不过 即使是这样 也不希望 人生只如初见 / 也说不清 为什么 只是觉得人生还是用来过的 不是用来回味的

[2020年8月12号 喝了口农夫山泉 心想 哪里甜]

到今天已经隔离一周了 我觉得时间过得还是很快的 我有隔离过的朋友和我说 第十天特别难熬 我不知道 会不会是那样 目前来看 没有熬日子的感觉 每天都有很多事做

刚进来那个晚上 可能比较累也比较崩溃 不想用酒店的东西 直接上网买了一个电热水壶 没找到电吹风 也买了一个 但第二天起来以后 太阳照进来 心情好了很多

在微信上 联系了鲜花市场工作的做鲜花批发的师傅 选了一些鲜花和枝叶 我问他能不能叫快递之前 也帮我在市场买两个花瓶加一把剪刀 他说没问题

蓝：陪安东尼度过漫长岁月 VI

收到鲜花以后 我把它们清理了一下 放到花瓶里 房间里马上有了生机 接着我把 地上铺的塑料布用酒店发的消毒剂和肥皂水擦了一遍 把铺得不平整的地方 修剪了下

这个过程里发现了电吹风 看了下烧水壶 觉得也是干净的 接了点水烧了下当作消毒了 于是恢复了 理智 取消了 热水壶和 电吹风的订单

这里分享一下 我这几天做的事情 还有 我认为隔离期间 可以买的东西

我觉得隔离的时候 行李不要全打开 把东西放得到处都是 一方面 本身房间不大 弄得很乱 心情不好 另一方面 把很少的东西拿出来 更有住酒店的感觉 零零散散的东西都拿出来摆着 挂着 就有隔离的感觉了

有计划地使用东西 比如我自己有一条浴巾 酒店也有一条 隔离期间 内衣 毛巾这些可以洗 但浴巾不太方便 所以 我就先用自己的 想说过了一周再用酒店的 （先用自己的 因为我想着就算酒店浴巾不干净 放一周病毒也会死掉吧 …… 完全没有科学依据）我有四件短袖先拿出来两件 等过了一周 把这两件放到洗衣袋里 拿另外两件出来

隔离的两周是 很好的阅读时间 我买了一本 三毛的 《我的宝

贝》 还买了过去一个月的《周末画报》 报纸杂志里 我最喜欢的就是《周末画报》 从上面读到的东西和手机上阅读的新闻感受完全不一样 而且它的大小 很适合垫盒饭

不用买太多吃的 隔离酒店的盒饭非常好吃 我每天听到外面有声音 就跟狗一样 趴在猫眼看 是不是来送饭了 吃的东西 我只是买了点杏仁 香蕉 和 一盒咸鸭蛋 一共十五个 一天一个 差不多正好吃完 还买了一箱 1升的水 十二瓶

我很喜欢隔离酒店发的洗手液 没有什么味道 洗完了也不干 特别是那个设计 洗手液的按压泵口很长 可以接到水盆里 不会弄得到处都是 淘宝买了两瓶寄去家里

我觉得不要买太多东西 给打扫卫生的人也添麻烦 但有一些东西隔离的时候能用上 我推荐带来或者买一下 比如 厨房用纸 粘滚 胶皮手套 瑜伽垫 枕头套 枕头 浴巾 餐具这些

这期间 我和那谁因为房租的问题吵了一下 第二天 讲电话的时候 那谁说 其实周末来过酒店 不过因为当时两个人都在赌气 没有和我说 我听了以后 气也消了 两个人又好了 （幼稚）

Harry路过的时候 在楼下和我招手 两个人打了电话 那谁后来又来了两次 第一次 让酒店的人送来一个包裹 我打开一看是个望

远镜…… 略不爽 / 但看了字条 又觉得挺甜 说 你没事可以看看星星 也可以看看马路对面的我 第二次 拿着咖啡和肉包在楼下街对面陪我吃了早餐 就上班去了

我最近吃饭的时候 都在看《欲望都市》 好几年没看了 重新来看 觉得 Big 特别迷人

[2020年8月15号 另一件 我不说的事]

马上要出去了 刚刚接到电话 明天上午来房间做核酸 / 为了迎接 工作人员到来 我打算 下午收拾下房间

[2020年8月18号 新陈代谢 的美好 二十八岁以后才能感受到]

我对面房间 是一个女生 我每晚开门拿盒饭的时候 都能看到她门口的快递 一大包甜食和各种薯片 连续十多天 / 尽管和我没什么关系 而且她年轻吃这些也能消化 但还是觉得吃这么多零食真的不好 今天拿饭的时候 我有把她零食拿走的冲动……

[2020年8月19号 没有泡的洗面奶 用起来真让人泄气]

回国以后 我的YouTube music（音乐软件）就变得不太好用了 我有两个付费账号的网络 但用起来还是总跳 于是又切换回了QQ音乐（腾讯软件） 可能因为太久没用了 QQ音乐推荐的歌 我

都不太喜欢

有一阵子 睡觉的时候 我都会把手机开飞行模式 关掉Wi-Fi（无线通信技术）设定倒数九分钟关机 然后播放 Lana Del Rey（拉娜·德雷）的*Love Song*（《情歌》） 单曲循环 一般歌还没听完我就睡了

最近经常听的歌是 福禄寿的 《玉珍》 这是一首写给外婆的歌 我还没出生的时候 我姥姥已经不在了 我和我奶奶也没有特别亲近 但听这首歌的时候 我都会特别感动 如果我坐在那里认真听真的会感觉自己站在微风里 附近有爱涌动 所以很多感情 不一定要经历 才能体会和理解

今天是隔离最后一天 明天一早就能出去了 几天前开门拿晚饭的时候看到门口一个大箱子 打开来一看 最上面是一个 葆蝶家鞋盒 我当时想 公关都已经公关到隔离酒店里了吗 打开盒子看到那谁的字条 上面写着 恭喜你 已经隔离一周了 我想请你吃野餐 仔细一看 里面一个个口袋分装着 几种奶酪 面包 洗好的水果 蜡烛和火柴 下面用冰袋隔着 放的熏肉 和香肠片还有一个 开酒器 我把鞋盒子拿出来 下面用报纸层层叠叠地 藏着三瓶红酒

现在回想起来 我打开盒子 第一反应好像是 可惜不是BV（葆蝶家）…… 真的是个混蛋 我检讨下 我当然也知道这其中的情谊于是第一时间打电话给那谁 表示感谢 那谁说 我知道你要在酒店住两周不容易 过去一半了 帮你庆祝下 问 你喜欢吗 我说我喜欢不过吃了晚饭以后这些东西有点吃不下 我这里又没有冰箱 如果放

到明天 可能都要坏掉 觉得有点浪费 我能听出来那谁声音里有点失落 赶快说 那个葡萄特别好 而且你还洗好了特别贴心 我也吃了点蓝莓芝士 和面包 谢谢 那个冰袋还是冷的 我把剩下的东西放进去 明天早上 还可以吃 那谁说 你能不能吃完真的不重要 你开心就好

写这篇文章的时候 我忽然想起来 那谁偷偷送了酒 可能是因为那谁送望远镜的时候 我告诉他 我一开始以为是酒 还特别开心 但这次真的收到酒 我却没有喝 也说不清为什么 就是一个人也不太想喝了 想说可以留着 出去了 两个人一起喝 于是动也没动 不知道那谁看到了会不会难过

昨晚两个人聊天 那谁说 我明早再来看你一次吧 我说不用了 后天早上就到家了 你要是想来 后天早上来吧 我东西挺多的 那谁说 我想在家等你 我们五个月没见面了 我见到你的时候不想旁边有人 我说 好的 那我自己打个车回去 后来就各自睡了

今早我六点多起来 和那谁 还有朋友们发了几条消息就又睡过去了 再醒来已经是 八点二十 看了下微信 有那谁早上七点多的留言 说 我到了 八点多留言说 我还在这里 发了个在路口和我住的酒店的自拍 十分钟前发消息说 你是不是又睡着了 还有一个未接来电

我一下子醒过来 打电话过去说 不好意思 我刚刚睡着了 不知

道你早上会过来 昨天我们不是说了周三见吗 那谁说 是 但我早上醒来没事 就想再来看看你 而且 我喜欢你在窗户边上和我挥手的样子 那谁说 也不怪你 你不知道我要过来 你回去继续睡吧 我觉得那谁 克制地要表现得通情达理 但心里是不开心的 我说你在哪儿 那谁说 我在地铁站 离开你那里没多久 准备去健身房 那我健身以后再打给你好了 我说 好

本来还没睡够的我 是不敢再睡了 把手机开了音量放到旁边 睁着眼睛像猫头鹰

这些事 仔细想想 我做得都不太好 但那谁也有做得不好的地方 比如 我们在上海租了一个公寓 主要是那谁来设计的 我买了家电和家具 和房东分摊了一小部分装修费用 因为那谁用支付宝不方便 水电和网的费用都是我来付的 那谁公司每个月 报销房租一万五 我们的房租正好这么多 我一开始想的是 我已经付了很多 那谁公司也能给报销房费 而且我住不到两年就要回去墨尔本了 所以应该不用付房租了 结果那谁和我说付一半房租 我后来想想也合理 毕竟两人一起租房子 公司能不能给报销 和我也没什么关系 所以房租一直均摊着 后来因为疫情在墨尔本回不来 我和那谁说 国内的房租我就不付了 我把那个钱给我室友 我不想白住在他这里 毕竟好几个月 那谁说 好 我说等我回去了以后 我会继续付房租 但这期间其他的费用可以我来付 你也不明白怎么付那些钱 那谁说好

结果我回到上海 在酒店隔离的第二天 那谁和我打电话的时候问我要房租 我说等我出去以后就给你 那谁说 那你住酒店这段时间 不准备给吗 我一下子来火了 我说我房租从下个月给你 如果你觉得不公平的话 我出去酒店以后 自己租个房子 但我觉得 你在这个时候 来问我要房租 很无情 我说我们今天 先不要讲话了 我想静一静 那谁说 好 挂了电话 没过多久 又打过来 我没有接 估计是想解释 但我当时真的不想讲话 我就发了消息说 我现在真的不想讲话 我们明天再说好吗 那谁又打过来 我就把手机关机了

第二天 冷静下来 我们通了电话 那谁说昨天晚上 你不接电话听我解释 我很难过 我说 我回上海 你都没来酒店看我一下 周末就安排和朋友出去玩 我还在酒店住着 就开始问我要房租 我也很难过 那谁说 我今天早上去过你酒店楼下 但也不知道 你想不想和我说话 所以没告诉你 而且 我们吵架以后 我心情很不好 也没出去玩 听到这里 我的气消了一半 关于钱的事情 那谁 这么解释的 说 因为知道你 八月初回来 十一月初回去 我之前算好了 花销 把多出来的钱 都换成欧元汇到芬兰账户了 我忘记了你要隔离的事情 但是现在要交房租了 我自己不能一下子交三个月的 才问你要 但又不好意思说 我钱不够 听到这里 我的气全消了 我说 如果你早点说这些 我就不会生气

可能都是些 鸡毛蒜皮的小事 总的说来 那谁是一个很好的恋人 非常忠诚 也很得体 很讲道理 很多方面 做得比我要好很多

零零散散说了这么多 可能就想说 两个人交往 不都是像我之前写出来的那样 甜的时候有 但也有痛苦的时候 幸福的时候比较多 但也有不堪的时候

最近看《欲望都市》开着弹幕 看着大家的留言 比如
不明白Big哪里好
C和Aidan 太搭了
怎么这么开放啊
爱得比较多的人 最终是要输的
Carrie 的手段 敌不过Big
Big 就是个自私鬼 太过分了
她就是 作
……

有一些可能也是我之前看剧时候的心声 和量尺 但现在再回来看这个剧 就觉得这个剧只是展现了 都市里 人们在爱当中的模样 也没有好坏之分 也没有什么可以丈量 或者太多可以拿来参考的

谈恋爱 不像是烘焙 有了食谱 跟着称量 把握好时间 总能成功

可能更像是做菜 同样的食材 食谱 不同的人 甚至 相同的人做出来也不一样

其中的酸甜苦辣 也只有吃的人自己心里明了

明天就要出来了 马上就要见到那谁了 满心欢喜

[2020年8月24号 相比花 我更喜欢叶子]

第一次 在家做pizza（比萨饼） 成功 / 今天把冰箱里 剩下的凉的也都吃光了 特别好吃 / 引体向上 我可以做三个 最多…… 丢人 最近开始重新练习了 目标十个

[2020年8月26号 好羡慕卤猫那么会跳舞]

昨天和朋友去上舞蹈课 学了一小时的swing（摇摆舞）/ 是可以跳起来了 但还是不好意思看对方眼睛 手也不知道要放哪里 / 不过现在看看视频 又很有趣

[2020年9月8号 Harry说喜欢在抖音上看别人跳舞]

想离开的时候 反而坐下 / 想松手的时候 却抓紧 / 想当机立断 但行为上却举棋不定 这就是成长吗

[2020年9月12号 更喜欢吃包子]

今天拍摄 道具里 看到自己的书 / 单身的时候 写得比较好 / 但仔细想想 也不想单身了

[2020年9月14号 一个夏天 都在愚园路]

哈一口气 拉起来衣袖 擦干净橱窗

激动地告诉你 不二 在Fiufiu 展览馆 办展了

这次展览 在我的想象中 应该是一个记录时光的 展览 而不是时刻

什么是时光呢 如果把人生比喻成一个公寓 那慢慢堆砌起来的砖瓦 一层层叠加的 混凝土 用来作为支架的 钢筋 和木头 应该是时光

所谓的成就 和可以拿来标榜的 东西 好像是房间里的艺术品 它们对我来说是 时刻

陪 安东尼度过漫长岁月 显然说的是 度过的时光的

我认识了怎样的人 其间发生了什么样的事情 夏天午后 一个人躺在床上的一些思绪 花了三个小时煮的草莓罐头 跨过岛屿和大洋去见的恋人 一道屡试不爽的菜 一些寂寞的心情 和明明感觉三十岁以后已经活清楚了 但还是不时冒出来的 对人生和自身的疑惑

这个展览 不是要展出 我这个“房子”里的艺术品 如果真的是那样 我自己也受不了

而是想请你 进来我人生的这栋公寓里 来看一看

希望在初秋的 时光里 和你一起度过 漫长岁月中的一个 午后

[2020年9月20号 做个刷漆工]

发现自己超级猩猩办的卡才去了一次 于是报了今早 TRX（全身抗阻力锻炼）的课 想说我经常做空中瑜伽的 这个课应该很轻松 今天的课都是女生 上了二十分钟 我已经有不妙的感觉 累得不行/ 老师让我们去拿重量 说从2kg（千克） 开始拿起 1kg 完全没有感觉 本着这里不丢人 那里也要丢人的想法 我拿了1kg 但在接下来的训练里 证明了 处处都要丢人的 很多动作我都跟不上 / 下课和老师打了招呼 就立刻离开了 感觉自己是被自行车骑回家的 一路上 我都在想 这些女生都是哪里来的 觉得她们是猩猩 我是猴

[2020年9月22号 每次参加活动 都觉得自己很无聊]

《方长》的散文 和食谱部分结束以后 我把它们一页页打印出来 在上面更改 排列顺序 编辑目录 这个目录有点难倒我 作为一个中国人 吃中餐长大的 来到国外 真的开始做饭是从西餐学起来的 墨尔本又是一个饮食文化非常多元的城市 我发现 除了 牛排 意面 这种根深蒂固的西餐 和 西红柿炒鸡蛋 还有地三鲜这样根正苗红的 中餐 大部分菜式都是介于中西之间 很难定义

这时候收到了 马爹利美食剧场的邀请 本来连续阴雨天工作的

压力一扫而光 洗了个澡 就叫车出门了

马爹利的活动我去了几次 它们每一年都会有 识厨解味 的活动 去年做了 让人耳目一新的 好奇餐厅 今年的主题是 美食剧场 宣传的主题是 一部可以吃的电影 一场可以玩的盛宴

马爹利是少数让厨师走上台面的品牌 围绕着厨师来讲故事 这一点我非常感激 和欣慰 因为一直以来我都觉得 厨师在中国 没有受到应得的荣誉和关注

一个大厨从 十几岁不知名的学徒开始 一步一步 运筹帷幄 做到高级餐厅的行政主厨 这其中的艰辛 磨炼 和所经历的辛酸 完全就像一串葡萄 从采摘 发酵 进入酒桶陈酿 十年 二十年后才呈现在我们面前的干邑一样 难能可贵

参与到这次 美食剧场的主厨有 新潮菜开创者 米其林一星餐厅菁禧荟创始人杜建青 文华东方中餐行政主厨 米其林二星餐厅总厨 黄景辉 和“淮扬刀客”黑珍珠三钻主厨 侯新庆与侯益伟父子

四位大厨 围绕着 融合中西 和 勇敢跨界 一同设计了 六道菜式 和观影结合 整个体验两个多小时 不过因为太精彩了 完全没有留意时间 一切都非常紧凑 错落有致

蓝：陪安东尼度过漫长岁月 VI

因为是个美食剧场 我在这里透露太多剧情也不好 就好像看了一部好电影 把故事讲出来给别人是很不地道的 做法 我这里挑一个我印象最深刻的部分和大家分享下

侯新庆大厨 做了一道 神仙蛋炖鳗鱼 这是我最喜欢的一道菜 把肥糯的鳗鱼红烧 又配上了 法式的酥皮 口感上非常独特 西式的框架承载了东方的味道 而左边的神仙蛋又恰恰相反 看起来一个简简单单的流心蛋 其实是 中国的豆腐做的蛋白 里面是分子料理方式 凝聚的南瓜汤 传统的食材 包裹了前卫的料理方式 在我看来 这是一道非常有野心的菜

这道菜配的酒 是马爹利的 XO（特陈）干邑 是马爹利干邑里我最喜欢的一款 这个干邑在木桶里存放了十年以上 但木香很淡而又优雅 它的香气很足 但不刺鼻 反倒很软 喝进去一口 花的香气 糖果的香气 都非常准确地传达 进入嗓子的时候也不辣 很滑

一般喝马爹利的XO我都是直接喝的 会用 手掌透过杯子 稍微给酒加热下 让酒更放松 可以表现更好 但这次 美食剧场 把一块美丽的方冰架在杯子上 XO干邑 顺着冰倒下去 再喝 竟然有非常不同的体验 好像蒸芬兰桑拿 毛孔都已经打开了 浑身通红 这时候 跑出去 跳入冰河里 又跑回桑拿房后那种放松 介于冷热之间的舒适

回家的路上 我想着今晚的经历 忽然发现 其实不需要 用中餐和 西餐来分类我的食谱 有着三百多年传奇的 法国干邑 和 技艺精

湛的 中国厨师 都在用他们的敢作敢为 来打破美食和体验的边界

我的思路也应该更开放 而不仅仅是把每一道菜 分门别类 这些菜应该是线性的 而不是点状的 于是 我决定 把食谱目录 定为由西到东 和 由东到西

在马爹利美食剧场 体验了一个美好的晚上 也解决了 我的难题 真是 一举两得 非常开心了

[2020年9月24号 在北京看了红豆]

无论身在何方 无论多远 都不会迷路 这应该是我对自己和所有读者 最真切的一个愿望了 只要不迷路 无论怎么走 都是进步

[2020年9月28号 五仁]

那谁问我 为什么 品牌送来的月饼上都有兔子 我说 因为月亮上 住了个单身的女的 兔子是她的好伙伴 / 那谁不懂我在说什么 我也没有解释更多 / 因为 我不太喜欢 嫦娥奔月 这个故事 一想到她慢慢飘起来 要一直飞 月亮那么远 就很难过 一定很寂寞 又冷

[2020年10月1号 Fiufiu（画廊名）展览]

★ 蜡烛

1 六亿次心跳 和 八秒钟的距离

科学家已经发现了 距离我们六亿光年外的黑洞 产生非常有规律的“心跳”

樱花落下的平均时长是 八秒钟

我对时间和距离一直有着奇妙的幻想

比如看星星 它们和我有不同的距离 同时看到的 一光年 和 一百光年外的星星

看到的却分别是一年 和一百年前 它们分别的样子

这样想的话 每次仰望星空 看到的不仅是点点的繁星 还是一片时间的光谱 想一想就觉得很浩瀚

2 跑步成了迎接春天的仪式

不论多寒冷的冬天 地底下总是埋藏了很多充满生机的种子 种子在冬天睡着了 这样醒来的时候才会有破土的力量 这样一想 在泥泞寒冷的黑暗中发芽 要比在阳光和煦的夏日里开花更需要 活力和坚定的信念

在寒冷的初春跑步的时候 我都想象 脚下有一片片 努力向上生长的草籽 和正在发芽的种子 每一次落地和起身 都是和它们在打招呼

★ 肥皂上的文字

1 几年前 我觉得两个人 相爱最重要的是要在乎彼此 现在我觉得 最重要的是心甘情愿

2 有的时候 我会想 这个网络的时代 应该很适合作家谈恋爱

3 人们对幸福的承受力非常有限 所以才需要 自讨苦吃

4 不要捡肥皂 “简爱”

5 我的爱 不像肥皂 越用越少 而是越用越丰盈

6 唉 明明一直告诉自己 爱只是生活中 一小部分 但策展人 说要在肥皂里 藏五句话 想来想去 想到的 却都是爱情

7 很喜欢海 但如果是要在 住在山里 和 海边选 我一定会选 住山里 因为海边风大

★ 肥皂 故事

你说你 觉得洗手超过二十秒很难做到

我把想对你说的只言片语藏到了 肥皂里

每次 你多洗一阵子手 就会越早看到

★ 背包

人这一生说来漫长 但能装下的东西是有限的

可以拣重要的装 再放小的 然后撒进去一些琐碎的

不要让琐碎的东西 把它占满 又沉又占地方

设计部的小朋友 把墨尔本的地图加在了这个包上 我觉得实在是太可爱了

因为 这些话 大部分都是在墨尔本的时候写的 没想到 它们一点点地 竟然勾勒出 我这几年生活的路

[2020年10月2号 每一个读者 都是一朵花]

回到家 睡回自己的上下铺 抽屉里都是签售时从各个城市 寄回来的读者的信和礼物 偶尔就会拿出来一些看一下 最早的是八九年前的了 我妈妈都帮我保存着 / 翻到一个套娃 发现里面藏了小纸条 打开一看 感觉收到了 遥远时空的一封情书 也不知道是哪一年的了 但今晚一定睡得很好 / 你也晚安

[2020年10月12号 可惜年纪太大了]

想去当兵 每天什么都不用想 只需要锻炼身体和站岗

[2020年10月15号 Hyvaa Huomenta（早安）]

嫁鸡随鸡 嫁狗随狗 当朋友们 下班回家 吃着饭 或者躺在床上 开心地 刷剧的时候 我已经被“邀请” 在厅里 看芬兰语破案片了…… 说是可以学外语

[2020年10月19号 粗粗和渣渣]

今天参加黑兰至臻午宴 摄影师渣渣 开车送我回家的时候 我想上厕所 实在憋不住 我就下车了 / 走了五分钟还是没有厕所 然后看到一个老楼门口 贴着 看塔罗牌的标志 明明写着关门 要求预约 我还是上楼了 开门的是个男的 我说我想看看塔罗 他说要预定的 我说我路过 想算一下（其实我是想上厕所） 他进去了下又出来 说 好吧 把你安排上 / 然后他把我带去一个小屋里 一个女生在吃柚子 男的就出去了 我问怎么收费的 她说算一次两百 我想了下觉得还行 我说我要用厕所 / 可能尿了一分钟 我舒坦了 然后她帮我算了下…… 她说 接下来 都很好 你还是有很多旅行 但要防小人/开心 / 还理了个发 顺便

[2020年10月21号 喜欢大堆的枝条]

回去的机票被取消了 最早一月一号回澳洲 / 于是又准备周末开始教课 中午和Nat吃了饭 她让我找一些之前插花的素材 招生用/ 我翻看了之前的照片 除了摆拍的 都笑得特别开心 / 还找到了以前被子的一张照片 在二手店里找到那种特别密的 棉的床单 上面的缩写正好是我的名字 ML这个床单特别沉 但很舒服 后来带去了墨尔本 / 我觉得生活里 要多让 美好的人 和事物占据 这样才不会被鸡毛蒜皮的小事填满

[2020年10月22号 可能我更喜欢吃海蟹]

买了三只大闸蟹 和那谁一起吃 / 我刚下手 那谁让我教他怎么吃 / 我没觉得有什么好教的 于是搜了个视频 摆在那谁面前继续吃 那谁看着视频 拿着剪刀把蟹腿吃得有模有样 / 吃了蟹膏后不会吃蟹身 咬了咬就放一边了 / 这时候我已经吃完一只了 我说你这蟹肉都没吃 太浪费了 那谁说 不知道怎么吃 有的地方硬 有的地方软 / 我不想浪费 把那谁吃过的 又捡起来吃 虽然里面有很多肉 但吃别人吃剩的 觉得有点恶心 不过我还是把那谁吃过的 又吃了遍 / 到了第三只 尽管我很喜欢蟹膏 最终让给那谁吃了 我吃的蟹身子 我觉得老外吃东西 不会 咂和缅

[2020年10月27号 给Jess打电话]

墨尔本 在一百多天之后 连续两天新增长为零了 / 隔空拥抱

[2020年11月2号 出了很多汗]

撕开新一页的日历 一下子觉得 自己在秋天里了 / 周五的时候去了Fiu 秘密地扮成 不二 有个女生过来对不二说 谢谢你 陪伴我十多年 让我变得温柔 而又勇敢 我能和你抱一下吗 / 我抱她的时候 在里面偷偷哭了下…… / 不二是因为你们的爱才存在的

[2020年11月4号 Weibo日记]

今天奢侈品衣服和 珠宝品牌手表 一起拍 到傍晚时候肚子特别饿 / 全家买了一盒西红柿炒鸡蛋的盒饭 站在路边吃完 就要赶回去还表 / 感觉是 灰姑娘

[2020年11月12号 不是你做了什么 而是你说了什么]

前一阵子参加 宝格丽 巴洛克 高级珠宝预览的活动 戴了两款珠宝和手表

当时第一反应是 这么贵的珠宝和手表 千万不要弄丢了

活动那天 在现场佩戴好珠宝和手表 手表质感很坚韧 却非常轻

这次展示的都是高级珠宝系列 美丽的宝石 精湛的工艺 感觉自己置身在一个博物馆里 让人叹为观止

看下来一圈 我问那谁最喜欢哪一个 他指了个项链给我看 我发现那个项链就是用我胸针上这个设计做成的链条 这时我才发现我这个胸针 用钻石镶嵌的回形 看上去很像是蛇的鳞片 没有彩色宝石那么夺目 却栩栩如生

后来 到腕表的展示区域 大部分的手表也都很 宝格丽风格 大胆 高贵 金光闪闪 我手上这块 在腕表展示区里显得 特立独行

我喜欢薄薄的手表 感觉戴着不碍事 这款手表非常薄 我很喜

欢 但仔细一看太阳刚硬气了 不太是我的风格 戴了一阵子 才发现这款手表 其实 刚柔并济

看似方正的表面 接着八边形的变化 和圆形很好的过度 钛金属的表带 摸上去轻盈坚韧 但因为表面上的颗粒处理 看上去不像大多金属表带那样冷冷的 我自己平时戴的都是皮的表带 就是不喜欢那种金属表带在手上那种 硌硌棱棱的感觉 表扣那里的设计非常精巧 按下去之后 那个扣 就完全融合到表带里 基本感觉不到缝隙

我和做手表品鉴的好朋友Laura 说起这块表 她回复给我 “宝格丽 Octo Finissimo腕表，是列入我最喜欢的码表设计之一。简单的评论原因有四，第一，当然是其品牌纪录的薄度，几乎是所有机械码表都不可及的；第二，它还是一枚自动上链却不遮挡透明底盖机芯展露的码表；第三，回归到传统的水平耦合结构；第四，加入了可按钮快速调校的第二地时间显示功能。” 是不是 很专业

因为我平时经常旅行 （今年不算） 所以我对这个快速调校第二地时间的功能非常感兴趣 在她的介绍下 我理解是 三点钟位置 显示的是二十四小时制的家乡时间 而通过按下九点钟右边的按钮 可以在大表盘上 快速地切换时区 我觉得这个设计太妙了 整个操作都显得游刃有余

从明年开始 我和那谁就要分开两地 开始远距离恋爱 墨尔本

和中国的时差 冬天和夏天只有 两三个小时的区别 按理说非常好计算 不用切换 但平日里戴在手上 记录时间的精密仪器 按照各自的步伐同时转动 感觉 隐隐约约有一种 天涯共此时的浪漫

我平时在家工作 对时间 星期几 其实没什么概念 也不怎么戴表 但今年八月从澳洲回来上海以后 经常戴手表 倒也不是为了装饰 只是感觉 今年的时间经常被谈及 比如两周的隔离 两年的移民监 墨尔本的宵禁 一月一号回程的机票 新书的交稿日 展览开馆和闭馆的时间 感觉身上戴一块手表是对这些时间节点的尊重 和 我与它们之间无声的契约

人们经常说 时间是最公平的 每一个人在拥有它的时候 所得到的都不多不少 它也不会为任何人停留 或者 飞奔 想到这里我多多少少能理解为什么 很多人对钟表着迷 因为时间是我们最宝贵的东西之一 但又抓不住 钟表的存在 可以帮助我们窥探到它的轨迹 光是这么想 就很让人着迷

[2020年11月16号 总是慢半拍]

有那么几次 去超级猩猩锻炼 老师问有没有身体不舒服 受伤的 / 我膝盖不舒服 想举手 但在做心理斗争…… 往往赶到老师问有没有生理期或者怀孕的同学时 把手举起来……后来无论如何 我都不举手了

[2020年11月24号 你有没有发现 每天的天都很美]

断断续续看完 *Find Me*（《请以你的爱找寻我》） 感觉不太好 再加上天气原因 最近有点低沉 做什么都打不起精神 今天在家工作 放了电影做背景音 / 期待周末的插花课

[2020年12月23号 好吃的西红柿 挺难找的]

觉得今年稀里糊涂的 一晃就到年底了 看了下之前的照片 回忆了一圈

一月在LA跨年

二月回老家过春节 这时 疫情已经开始了 二月末在墨尔本工作

三月结束 准备回国的时候 澳洲的疫情也严重起来 决定不到处走了 在墨尔本开始了居家工作的生活

三月到八月都在家做饭 夏天的时候 国内疫情得到控制 Fiufiu的展览再次启动 准备回国

八月末隔离结束 回到家里

九月筹办展览

十月回了下大连 看看父母 交了《方长》的稿子

十一月去了下云南

十二月每周都打两三天网球 开始了新的专栏 开始整理《青》

仔细想想一年也就做了这么些事

又想到 一个人 到 国家 到世界 到月球 到太阳 又太阳系 又银河系 又河外星系…… 层层扩大 地想的话 就觉得 多做一些事 少做一些事 也不太重要

新年愿望是什么呢 想要快乐吗 感觉也很空洞 觉得新年快乐听着有点悲伤 好像这年过得不是很好一样

新的一年 想和 喜欢的人 还有朋友继续一起腻歪着 / 做一些自己喜欢并相信的事情 / 有那么几个闪光和心动的时刻 / 感觉还是可以做到的

这么一想 还是要祝大家新年快乐
希望你们都好

[2020年12月25号 想墨尔本的朋友]

刚去墨尔本的几年 每到圣诞节 我总是很难过 整个城市都安静下来 别人在阖家团聚 我一个人去别的城市旅行 在小镇中转 去一个小小的电影院 看 同一场电影 看了两遍 去河边的草地上躺下来 心想 这里没有一个人认识我 我到底在哪里呢

后来 学了厨艺 有了自己的公寓 每年圣诞 都做很多菜 邀请 我的朋友们来家里过节 我发现 如果你有了朋友 你就会知道你在哪

[2020年12月26号 需要换个写字的桌子]

电影《晴雅集》今天上映 上午叫上那谁和朋友一起去看 大家都觉得很棒 / 回到家里 那谁问我说 你最喜欢哪里 我说 最后送别的时候 那个情景很感人 让我想到一首古诗 然后我用英文翻译了《赠汪伦》 那谁很惊讶于古诗几十个字 描绘出的画面和情感 那谁说 你应该告诉你朋友 / 我问那谁 你最喜欢哪里 结果说 喜欢邓伦的那个角色 ……还说 喜欢设定里没有绝对的坏人 大家都有自己的初衷和想保护的人

[2020年12月29号 看了两遍]

经常 我给那谁翻译 古诗 歌词 或者 我写的一些东西 那谁常常感动得流下泪来 这个人还挺容易哭的 今天 我听了十多遍《送你一朵小红花》 感动到不行 走过去 在泡澡的那谁身边 一边看着电影预告 一边翻译歌词 翻译的时候 我都要哽咽了 但那谁竟然没哭…… 略失落 可能翻译得不够好

[2021年1月 专栏]

1.是新的一年 时间这东西很奇妙 越是无聊的时候就越慢 开心的时候就过得很快 之前在网上填表格 出生年月那一栏 往下一拉就是了 现在再填 手指滑了两下也没找到…… 不过如果反着思考 时间过得这么快 也许说明 生活得还是很开心的

2.偶尔看到有人 在介绍里说 希望躺赢 其实我觉得 只要赢过几次 经常站着输也没啥 躺着和坐着 真的 太容易胖了

3.不工作就心虚 一工作就心累

4.他说I wish you well（愿你顺遂）

5.我很喜欢吃栗子 天冷的时候 就很适合 围在炉火旁吃栗子 不过栗子吃多了 容易放屁

6.2020年没有在电影院看过几场电影 2020年本身就像一场电影

7.很多时候 荣耀是一连串的误会

8.网红这个词 经常能让我想到蜘蛛精

9.我不懂收到礼物 不当下打开是不是一种礼貌的表现 我收到礼物的时候 都会先表示感谢 然后 看看里面的卡片写着什么 同时问是否方便打开 然后打开之后 再表示感谢 如果我送别人礼物的话 我也希望他可以当着我的面打开 想看到他的反应

10.每次下大雪 我也都想写一张卡片 给朋友寄去

“快雪时晴 佳 想安善”

说的是 “刚刚忽然下了一阵大雪 现在已经停了 我很好 想必你也一切都好吧”

11.有的时候 我觉得恋人像一张考卷

偶尔躺在床上 我会侧过身子 看那人的美颜 从鼻子到嘴唇突起的弧度

这时候就会想到 高中老师说 拿到卷子以后 先写名字 然后 检查一下卷子再答题

12.我之前订的今天的机票回墨尔本 那里正好是夏天 夏天 开空调很不舒服 有的时候我会用音响 放海水的声音 关掉空调睡午觉

13.有一段时间 每次睡觉之前 我们都换着给对方 讲一个故事

有的时候 那谁 实在没有故事讲了 就会和我讲一些芬兰的事

那谁说 芬兰日照最长的一天 是一个很大的节日 大家会去野外的花田里打滚

光着身子去湖里游泳 女生会采五种不一样的野花 放到枕头下面 据说 这样在梦里可以见到命中注定的恋人

14.经常 我都会凭借心情和直觉做一些决定 那谁就会给我一些建议 我往往第一时间都是很抵触的 但在一起三年了 发现这些

建议很多时候都是很正确的

这时我就会想 不愧眼眶那么深 确实比较有远见

15.Coldplay(酷玩乐队) 的 *See You Soon*（《再次与你相见》）是泡澡时候 我一定会听的歌

16.每当我躺在草地上 沙滩上 把手背在脑袋后面看天的时候 总是会流眼泪

17.随着年纪的增长 越来越觉得 甜蜜 不是一个好词 感觉里面有很多陷阱 你也会有这样的感觉吗

18.我觉得 我是一个相对来说 比较有安全感的人 也很少觉得不安 也很少发火 或者 和别人吵架

偶尔发火的时候 会激动得说不出话来 往往事后都很后悔 想说 刚刚要是这么说就好了

19.写了好几本《陪安东尼度过漫长岁月》的我 其实很多时候 更喜欢自己一个人 不过仔细想想 最好的回忆里 都是有朋友 家人在身边的 不过即使这样 我还是需要有大块的 独处的时间 你呢 可能也是这样吧

20.And I couldn’t help but wonder…does skinny latte really

make ppl skinny（我不禁要问……拿铁会让人瘦吗）

21.我经常觉得 乐观的性格 是一个 双赢的模式 而悲观主义者真正可悲的地方是 很难成为一个乐观的人 不过与此同时 我觉得这个世界 很多时候 是靠着悲观主义者 推动着发展的

22.其实 什么都没什么 呼气的时候 要记得吸气 来 和我一起呼气……吸气……呼气……

23.我很喜欢吃 奥利奥 朋友来我家 饭后我都会说 我可以给你们做喜茶 其实就是 冷牛奶配奥利奥

24.如果我很喜欢一个人 我就会想要穿他的衣服 我觉得 *Call Me By Your Name*（《请以你的名字呼唤我》）多多少少 讲的就是这件事 哦 对哦 这么一想 电影里 真的 有这个 场景

25.年纪大了 尽管还是可以 好好地谈恋爱 但 shine for you（只为一个人发光） 这样的决心和动力 是基本没有了 所以我觉得 趁年轻 有能量 要多谈恋爱

26.很长一段时间 我都不是很喜欢吃日本菜 因为觉得那种咸咸甜甜鲜鲜的口感被他们拿捏得太好了 吃久了有点审美疲劳 这几年我都很喜欢吃韩国菜

27.之前 我一直想把公寓买在博物馆旁边 感觉忘记自己姓什么 或者对人生有疑惑的时候 可以从里面找到答案 后来 因为博物馆附近 我喜欢的房子都太贵了 把新公寓买在了植物园旁边 经常早起 或者傍晚的时候会去走走 我觉得和在博物馆有同样的效果 可以看到不同层面的世界

28.每当 生活节奏太快 或者 心猿意马的时候 就会去市场 买一些鲜花和 蔬菜水果

29.我对有羽毛的 动物都有些抵触 乌鸦 鸽子 鹦鹉都不是很喜欢 我 也很怕鸡 因为鸡有羽毛 会飞 但又飞不高 感觉正好可以飞到我脸上 而且 我觉得 鸡看起来很凶……但我很喜欢吃鸡蛋

30.我有一些 很好的朋友 在世界各地旅行的时候 都会寄明信片给我 我觉得 有朋友留言的明信片 非常神奇 每一张明信片 都好像是一张 一秒钟时光之旅的门票 手里拿着它 轻轻读着上面的字 就是开启这旅行的方式

31.我没有去葡萄牙 但有一次 看了一个讲建筑的视频 就开始向往那里 觉得年纪大了 可以去那里买一个小房子 旁边都是松树林 葡萄牙菜很好吃 我也乐意学葡萄牙语 觉得这些都不是问题 我觉得 住在海边 看到的是 虚无 而住在山里 看到的是 不朽

[2021年1月2号 站得不高 也能看得远吗]

2021年来了 想了想 没有任何新年愿望 感觉愿望都很遥远又不真实 / 今年争取 吃饭慢点

[2021年1月6号 擅长打包]

今天收拾行李 上海住了三年半 收获很多 / 下周二回墨尔本开始另外一种生活 / 新书印好了 我们来日方长

[2021年1月9号 相比花 枝叶真的活好久]

昨天晚上我们家地暖不知道为什么停了 一晚上都超级冷 早起那谁说 我们昨晚抱着睡了一夜

我笑说 平时晚上睡觉 抱一起十分钟就累了 各睡各的 看来把我们紧紧联系到一起的不是爱和激情而是 降温

今天 白天那谁去上班 我想到 我走以后那谁要在冰冰的公寓里一个人住 就很难过 于是 打了几个电话 看了几个网站 愣是自己把地暖修好了

现在家里暖暖的 那谁睡了 我喝了点酒 躺在客厅的沙发里 写下这些

你好吗 你家里暖吗

[2021年1月13号 又是夏天 又是你]

回到澳洲 在黄金海岸的酒店隔离 出机场的时候 看到工作人员 戴着普通的口罩 没有其他任何防护措施觉得很惊讶

出关 和 进去隔离酒店的过程里 尽管工作人员 很有耐心 也有种澳洲人天生的热情 但还是存在很多漏洞 …… 心里暗想 接下来几年投资重点 还是要放在中国 （我不懂投资 胡说）

我的房间很干净 能看到下面的公园 隔离对我来说没什么压力 甚至还有点向往 觉得清净

打算把 《小说创作大师班》 好好看一看 带了个瑜伽垫跟着 Keep（运动社区软件） 锻炼

可以写一些东西

接下来会发一个广告 回澳洲以后 商务应该就少了 请珍惜我发广告的机会

但 想必你是开心的

我也开心

记得洗手 戴口罩

[2021年1月18号 觉得没有好好珍惜 罗马假日]

回墨尔本之前最后一个工作是去 宝格丽 看一条B.zero1 Rock

蓝：陪安东尼度过漫长岁月 VI

（宝格丽珠宝系列）新春特别款项链

我试戴了下 看着很像一个顶针

说来也巧 同天晚上T Magazine（时尚文化杂志）的朋友 约我临走前 一起喝个酒 她说 等一下 有个你的读者也会来 他是B牌 美妆产品的公关 前几天见面说起你 他说他之前看你的书 会把喜欢的话抄下来 我觉得特别可爱 就把他也叫上了

L长得很精致 脸小小的 穿着一件红色高领毛衣 外面戴的就是这款项链 他看着二十五岁左右的样子 大大方方 不害羞 也不骄傲的样子

他说我现在不开心的时候 想起你书里写的 "那些惴惴不安的未来 我相信它们是明亮的" 就觉得又有了动力 他眼睛亮亮的 项链在他脖子上也好看 我心想 又是一个优秀读者代表

过了两天 我和一个意大利朋友晚上约吃饭 他三十岁 之前是做模特的 现在是时装设计师 人超级帅 身材也很棒 说到感情的事 他说在感情里 他很容易吃醋 控制不住想要看对方手机 想要对方心里只有自己 我说 你这么漂亮的人 竟然也没有安全感 他说 我是意大利和 俄罗斯的混血 热血加热血 我笑 我发现他戴了很多宝格丽的东西 脖子上正好有那条项链 我问你手上 脖子上 这些首饰 你最喜欢哪一个 他 想了想 拿起来B.zero1 的项链 说应该是这条

我说 你不觉得这条项链不容易驾驭吗 他说不会啊 可能单独戴有点突兀 但混着别的简单一点的项链就很好看 他指着自己脖子说 这是条条大道通罗马

我没听懂 问 你说啥

他笑着把项链摘下来 拿着给我看 说 你瞧 这个项链像不像 罗马斗兽场

那一瞬间 我一下子觉得这条项链 好看起来 变得非常迷人

罗马斗兽场 从始建至今 有快两千年的历史了 公元80年斗兽场工程竣工的时候 举行了一百天的庆祝典礼 人与兽 人与人的血腥大厮杀居然持续了一百天 有记载说 只要你在角斗台上随便抓一把泥土 放在手中一捏 就可以看到印在掌上的斑斑血迹

我忽然明白为什么这个项链我没有一见钟情 因为年近四十 爱情观也在变化 同样一条项链 我看到的是顶针 那也是我现在眼里的爱情 互相保护 互相借力 它是低调而日常 并不闪耀 我喜欢的首饰也是这样

但我的朋友们不是 他们要的是 风风火火 轰轰烈烈 犹如一场战争的爱情 将爱情进行到底的战场

回到家 我给优秀读者代表L发消息 说 也许有点唐突 “鲁豫

有约”时间 能说说你在爱里是什么样子吗 他回复我说

“受过伤 也被欺骗过 但是始终相信要善良要纯正 也一定有对的好的人在等我”

“我工作上的聪明在感情里是不见踪影的 就是工作上可以 multi task（多任务） 杀伐决断 感情上就不懂运筹帷幄 天真烂漫爱幻想”

我说不错
他问 我能不能请你 帮我签一本书
我说 没问题

给他的书上 我写道 “亲爱的 L 你已经生活在明亮里了”

春节就要到了 也祝大家勇往直前 红红火火 生活在光亮里

[2021年1月24号 在海关被反复检查]

隔离的第一周 没有手机 每天按时吃饭 工作 锻炼 / 然后拿回来手机 整天在床上躺着…… 已经懒惰 颓废到 觉得这样的自己 没有什么信心面对外面的世界 想继续隔离下去…… 但隔离酒店的东西真的是太难吃了

[2021年1月26号 眉头紧锁]

我现在有点理解 监狱里的人关久了 不想出去的心情

[2021年1月26号 我听 *The Good Side*（《好的一面》）会想到你]

今天是 我在澳洲隔离的最后一天 昨天晚上和你打电话的时候 你躺在沙发上和我说 你很想我 我说 我也很想你 但现在我们才分开两周而已 那接下来要怎么办

你说 如果过半年 疫情还没有控制住的话 你不会再等了 会来澳洲看我 我说那来回就要隔离一个月 感觉很不值 你说 那只是时间而已 隔离的时候也可以工作 我们俩不应该分开那么久

我说 好 不管你在澳洲哪个城市隔离 我都会飞过来等你

今天开始收拾行李 有两个大旅行箱 把接下来不太会用到的放在一起 会用到的 放到一个箱子 因为新房子 还有一个多月才能装修好 明天出来以后会去朋友家住 不想拿 大大小小的包过去 准备把不用的东西放到仓库里

收拾的 时候 看到你今年圣诞时候给我的礼物 电影 *Call Me by Your Name* 结尾处 埃利奥和父亲对话时的T恤 我到现在也不知道

你是在哪里搞到的

于是想细数一下这几年我们生日 和圣诞互相赠送的礼物

我们两个人都是白羊座 一个三月末 一个四月初

[2017年 生日]

那时候我们刚开始约会没多久 你说我们想想每人出两个主意周末约会 同时 庆祝我们的生日

结果你想的两个活动 一个是去蒸芬兰桑拿 一个是去东方明珠体验VR（虚拟现实）

我想的活动是 一起去 *Sleep no more*（《不眠之夜》） 那个沉浸式体验剧场（那时候这个剧特别火 想要去的日子票都卖光了 我通过朋友拿到的票）另外去 杭州爬山 住法云安缦

Sleep no more 没有在纽约看的那么精彩 但我们俩都被演员邀请互动 有了一些不一样的体验

安缦很贵 我们只住了一晚 东西特别好吃 那次是我们第一次一起爬山 后来几年 我们在世界各地 爬过很多次山 我们当时入住

的时候收到酒店送的礼物 是真丝手帕 上面有安缦法云的建筑和地图 我没有把那个手帕当一回事 但后来发现你把手帕拿回来装裱了起来

你的那两个主意后来都不顺利 芬兰桑拿临去之前打电话 原来已经关门几个月了 然后你带我去了 虹桥那边的日式浴场

去东方明珠 发现要排队一两个小时才能上去 而且看了介绍觉得那个VR（虚拟现实）也很一般 排了一阵子你问我 你想排吗 我鼓起勇气说不想 你说很不好意思 你的这两个主意都很差 于是带我去Park Hyatt（柏悦酒店）喝东西 给我讲你刚开始来上海时候的心情

[2017年 圣诞]

我在墨尔本 你从芬兰飞过来和我一起过新年 你去厕所捣鼓了一圈 变成圣诞老人的样子 给我礼物 有糖果 Iittala（伊塔拉）的杯子 和一本介绍芬兰的中文书 可能是想文化输出吧

作为回礼 我租了辆奔驰 因为你们家之前是奔驰的代理商 你说你全家都开奔驰 以后买车也要是奔驰 我们去了墨尔本周边的酒庄和我喜欢的餐厅 不过可能是太久没开车了 脚感不好 回国以后收到两张澳洲的超速罚单 （检讨一下）

蓝：陪安东尼度过漫长岁月 VI

[2018年 生日]

大概是感觉两个人感情稳定了吧 我只订了一个很好的餐厅 你生日那天要出差 晚上九点才回上海 而且是浦东机场 我们说好了第二天一起出去吃饭 结果那天你工作很不顺利 到了机场发现飞机晚点 而且也没吃饭 你在飞之前发消息给我抱怨 我和卤猫在吃饭 吃得正香 安慰了你 然后打算帮你约一辆车去机场接你 不过想到你电话里那么失落的声音 觉得作为一个好男友 还是要有所作为 于是点了外送 肯德基的汉堡套餐 全家桶 还有一瓶香槟 从家里用毛巾包了两个玻璃香槟杯子 去机场接你 你灰头垢面地从出口出来 看到我眼睛一亮 我们问过司机 经过同意后 回家这一个小时车程里 吃完了汉堡 喝完了香槟 全家桶剩下一些 给了司机

这年 你的礼物太猛了 可能主要是心意吧 早起以后发现你已经在楼下了 床旁边 有一杯茶 一枝花 还有一个卡片

我照着卡片 下楼发现你已经做好了早饭 在那里等我 一起开心地吃了早餐 你又给我一张卡片 原来是个拼字游戏

你让你的五个朋友 录一段视频发消息给我 每个视频的谜底是一个词 放到一起可以完成这个谜语 并且每一个答案 你也准备了相对应 要做的事

我记得 谜语2的谜底是 墨尔本 相对应地 你带我去了我喜欢的咖啡店喝咖啡

5是璞丽 我们第一晚上见面喝酒的地方 又回去喝了次

我看完所有视频后 只猜出来一个 Dalian 也是很笨 不过也可能是因为你这个西北人太剑走偏锋 东北人接不住

反正这个生日非常难忘 但真的很烧脑

[2018年 圣诞]

圣诞之前 我在巴黎学插花 一月去赫尔辛基和你会合 插花学校在爱马仕边上 想说 其实送你爱马仕 很贴切 因为你是爱 马 仕送了你一件白色衬衣 觉得很实用 不管是上班还是平时可以一直穿不过那件衣服我买小了 后来回巴黎又换了一件

可能芬兰真的太冷了 你怕我衣服不够 送了我一件 Acne Studios（瑞典服装品牌）的毛衣

[2019年 生日]

不知道为什么 你一过生日就出差 我给你订了北京瑰丽作为生日礼物 但想到你去北京前 郁郁寡欢的样子 我在你生日当天飞去了北京 在酒店等你 后来我们去了北欧餐厅吃了晚餐 Echo还送了一束鲜花给你 你说每年你的生日 我都给你惊喜

这是我在酒店给你写的信

我对你说 我遇到你的时候 三十三岁
对我来说那是很好的一年
也祝你有一个 美妙的三十三岁

我生日之前 在家里做果酱 翻柜子看到一瓶高级香槟 那个是你送我的礼物 我直接拍了张照片 发给在工作的你说我发现了这个

你说 干 你真的是狗鼻子

但生日那天还是被你吓到 一出卧室我看到窗户上明晃晃的“三十五”字样的大气球

不是很想看到它 但还是很开心地说谢谢

晚上你约了几个我的朋友一起在家里吃饭 你做的什么我现在忘记了 反正很开心

[2019年 圣诞]

是我们第一次在自己家过圣诞 买了圣诞树 你说礼物都要放到树底下 我就把盒子放到树底下 还特意用一个白色纸盒包着 你看到了 不开心 说要用包装纸包着才算礼物 我说我不太会弄包装纸

再说你看这个盒子 它是个礼盒 你说我强词夺理 我败下阵来 说 那你教我吧 其实是想让你来包 你好像没听出来 兴高采烈地拿出来包装纸 一步一步地教我怎么弄 教完了 你也把它包好了

这一年你送我的礼物是 一本精装本的 手绘植物合集 我们在香港的书店看到这本书 因为太喜欢了 我站在那里翻了好久 但后来因为太贵 又沉就没买 不知道你怎么发现 买来送给我

我送给你的 是一副Lindberg（丹麦眼镜品牌）的墨镜 我一直喜欢它们的眼镜 很轻又优雅 自己有一副 在上海坐出租车的时候不小心弄丢了 后来戴了一阵子别的墨镜 都不是很喜欢 没办法只好去店里再买一副 你陪我去店里的时候 自己也在那边试眼镜 有一副戴着很好看 我说你应该买下来 你看了标价说太贵了 你平时戴的都是在面料市场买的 几百左右的眼镜 质量很差 我当时就想要买一副送你 就找了个借口 离开那个店里了 后来我回去店里买墨镜和你的眼镜的时候 觉得实在是有点浪费了 于是就没买墨镜只买了你的那副 想说以后有机会自己再说吧

[2020年 生日]

新冠来了 三月初你从芬兰飞墨尔本找我 本来计划一起回国的结果新闻一天一变 你很担心回不去中国 于是临时改了机票 三月中旬提前走了 而我这边澳洲要求 永久居民离开澳洲必须申请许可

所以留在了墨尔本 你走的时候只有经济舱的票 于是留了个箱子在我这里

你过生日的时候 正好居家隔离 不能出门 什么东西都要门卫送到门口 我买了鲜花 红酒 牛排和水果蔬菜寄去家里给你庆祝

你特别喜欢我送过来的鲜花

我过生日的时候 那天早上你对我说 打开你的行李箱子 里面有你送我的礼物 我打开以后 发现 里面有一个已经包装好的礼盒（不知道你什么时候包装的）打开一看 是一套海洋生物的手工套娃 非常可爱 一个个打开惊喜不断 环环相套 竟然有七个 我想把它们放到新家客厅 每一个来的人都能看到

你还在家里给我画了一幅画 粉色的菊花（莫名其妙） 黑色的背景 我觉得这幅画很奇怪 但我从事艺术的朋友们来到我家 看到那幅画都很喜欢 可能我不懂欣赏

[2020年 圣诞]

我忘记怎么聊天说起来 圣诞礼物的事 你说你花了将近一万块给我买礼物 弄得我一下子压力很大

我想不出来 要送什么东西 这么贵又实用的 最后实在没有办

法 圣诞之前和你说 你的礼物太贵了 我不知道要送什么 我直接给你转账吧 你可以买你喜欢的那个艺术家的艺术品 他的作品很保值 我要有那个艺术品一半的所有权 你说好

不过眼看圣诞要来了 我觉得树底下没有东西也不像回事 有天晚上去卤猫家吃饭 玩了VR游戏机 觉得很棒 我知道你对这些东西也感兴趣 而且你说过你们做的一些设计 通过VR可以走到里面体验 于是就默默地又买了游戏机送你

圣诞那天发现 原来你送给我 *Call Me by Your Name* 里面的 T恤和衬衣 我真的太喜欢了 还特意把电影里 Elio穿这两件衣服的截屏打印出来 连着衣服一起送我

还有你找的插画家 画了我们的合影
还有 新的苹果手机

我特别喜欢我的礼物 心想还好 我给你准备了游戏机

你很喜欢那个游戏机 打开之后就玩了起来 结果因为电商知道我要送人 没有帮我解锁装游戏 于是没法玩 收到这么多用心的礼物 我的礼物没法玩 我很惭愧 就和你说 那个艺术品就是我送给你的 我不要一半的所有权了 你这个狡猾的家伙说好

还好电商在上海 他给了我一个技术人员的联系方式 第二天一早 我坐了一个小时的车 到了浦东机场那边 把游戏机给他帮我破解装游戏 他说要两个小时 你去附近走一走 于是我去吃了个早餐 围着小区走了一圈又一圈

不过这个游戏机是很好玩 走之前我们经常在家打游戏 有朋友来了 也都让他们试试

这就是我们这几年 在生日和 圣诞互相交换的礼物 这样过了一遍 觉得很温暖

今天 我的隔离就结束了 回到墨尔本

而我们远距离的恋爱 才刚刚开始

[2021年2月 专栏]

1.好像我对认识新的人 一直都没有什么兴趣 十个人里面 和五个人打交道会觉得很累 有一个会觉得很无趣 只能和其中三四个聊得很开心 而去和别人聊天的时候 我也能很明显感觉出 对于对方我是那个十分之一 很无趣的人 我也说不清 为什么和陌生人的交谈中 我这么容易放弃 不知道 这是不是一种任性 我最近在检讨

2.我有个朋友叫 小实 他在微博上说

“新的事物 就让之成为新的事物 尽情卸下防卫拥抱未知 最

怕扁平只是新的极端 每个小区块 仍然有大批人想成为利益中心 那么时代将会再一次倾覆 推倒重来

我们是一样的 我们都只是生活在这个地球的某一种生物而已 坐怀有限度的生命 及无可预知的未来 我们没有比别人更重要 也不会比别人更不重要

请把公义放在心里 只想着用友善的自我给新时代的高塔添一块方砖就好 不释放焦虑 也绝不留遗憾”

看了后 我很想抱住他

3.赵英俊的歌 不像他的名字 那么英俊 经常听上去不是很光滑朗朗上口 却有一种 让你反复听下去的滋味 今天反复地听 《送你一朵小红花》 遮住你今天 新添的伤疤

4.特殊原因 不能回大连老家 爸爸妈妈昨天寄过来一饭盒酸菜饺子 还用塑料袋包着一块拳头那么大的肉 那块肉看上去都是肥的 而且寄来上海以后化掉 看着有点恶心 我觉得我肯定不会吃的 就扔掉了 昨天下午给我妈打电话 我妈接电话的时候 特别开心的声音 说 儿子 是不是收到饺子了 好吃吗 我说 刚刚收到 还没吃 不过我明天一早六点半的飞机 去三亚 可能来不及吃 今天又去朋友家吃晚饭 可能要把饺子放到冷冻柜 从三亚回来再吃 我妈的声音里有一丝失落 说 冷冻以后就没那么好吃了 说 我和你爸给你包完 有五个 实在装不进去 又怕压碎别的饺子 就自己吃了 特别好吃 我们还给你带了一块 五花肉 是农村亲戚家的猪肉 你蒸一下 切成片 蘸

蒜酱吃 我没敢说我把那肉扔了 就说太肥了 不知道怎么吃 我妈说五花肉都是那样的 看着肥 吃着很香的 妈妈特地把那块肉寄给你 怕你在上海买不到好肉

给我妈打完电话以后 我觉得很惭愧 先是从垃圾箱里把那块肉捡了回来 冷冻上 又用电饭煲定时 煮了粥 准备第二天早上四点起来吃妈妈爸爸给我寄的饺子 然后再去机场

5.我的工作效率真的好低 但 又感觉似乎做了很多事

6.之前 有一次恋爱 我投入的 比对方多 有一次我们坐火车去一个地方 两个人坐在对面没话说 那个人忽然 咿咿呀呀 哼了起来 也不是唱歌 那一刻 我清楚地知道 这不是因为 在我身边觉得自在而在做自己 是不在乎我的看法 变成一个动物了

7.我非常喜欢 风吹过树林 形成的 绿色波浪 那是我所有看过的风景里 最喜欢的景色

8.二十岁左右 我认识的 因为自己瘦而苦恼的少年 差不多在三十岁的时候都长胖了 包括我在内

9.2020年 是很波折的一年 但哪一年不是呢

10.每次吃饭都吃太快 不是烫到嘴 就是 吃得不舒服 但这个习

惯又很难改

11.那谁是很棒的设计师 我现在可以写东西 做自己喜欢的事也算是幸运 但我们俩聊起来 最喜欢的工作 那谁说 是之前在芬兰商场里卖五金的时候 对于我来说是在 Sunbury（森伯里） 住校 每周去保龄球馆 和官邸工作的时候 明明那时候能想象的 最好的工作 现在正在做着 但回想起来 所有做过的事 那个时段却是最快乐的时光

12.我们家里 基本上如果两年里我没碰过的东西 扔掉或者 送人我就不会觉得可惜 不管是很贵的衣服 或者是 厨房里的锅碗 或者厨具 但信件这些东西我就不舍得扔 这些东西我就会寄给我妈

13.现在年轻人 喜欢听什么音乐 我完全不知道 也不太清楚 中国现在年轻而又流行的歌星是谁 Billie Eilish（比莉·艾利什）的歌我都很喜欢 但感觉她也不是很新了

14.那谁是芬兰人 我们俩生活在一起 都是用英文沟通 平时也感觉不到什么太大的地域或者文化差异 唯一非常明显的时候 就是住酒店吃早餐的时候 我吃的 总是 稀粥 豆浆 鸭蛋 腐乳 包子 那谁拿的永远都是 面包 黄油 香肠 冷肉拼盘 和咖啡 两个人拿来的盘子放到一起 界限分明

15.最近我屏蔽了 好几个博主朋友的朋友圈 觉得给我带来了内心的宁静

16.我觉得 对我来说 最好的减肥方法不是去健身房 而是走路 所以每次出国我都瘦很多 因为经常一走就走半天 但好像爬山效果就没有在都市里走那么明显 有一次我和简安在柏林从中午 基本不停歇地 走到了半夜 离开柏林的时候 感觉自己瘦了十斤 还想和她去柏林走一走

17.我一直觉得 大闸蟹很像海蟹戴了袖套 上海这边的螃蟹到了十二月末的时候 就有点空了 吃螃蟹的话 我觉得公母对我来说区别不大 我发现 一人一只的时候 往往比一人两只时候的好吃 所以一般我都买大一点 一人一只

18.在墨尔本的时候 我经常出门不带手机的 觉得也没啥 不过要带钱包和钥匙 在上海 出门有部手机就行了 这样看来 墨尔本还是比较落后的 但我觉得 这种落后也没什么不好 就好像 我有些 在上海生活的欧洲朋友 抱怨欧洲不方便 变化慢 建一条铁路 投票要两三年 之后又要 七八年才能建好 在中国 往往一两年就能搞定 我当然希望祖国发展快 也得利于中国经济发展 但我觉得 老百姓的快乐 和那些没有什么直接的关系 或者应该说 在慢的社会里 比较容易慢下来 快的社会里 能慢下来 不容易

19.今年 去哪里都有很多人戴着口罩 我觉得人都变得好看了一些 这也是为什么上插花课的时候 我总是告诉学生 不要把所有的花朵都对着外面 可以有一些侧着脸 有一些反着插 这样看着更自然 而且 看到一部分 往往会比看到全部更美

20.四月末上海的房子到期 这次回墨尔本要把大部分东西带回去 打包的时候发现 我的东西真的不是很多 除了书和锅碗瓢盆 好像 两个旅行箱装得差不多 上海的房子住了三年 现在要交回去了 感觉好像也没有特别多的留恋 我住过的房子 基本上我都是可以说离开就离开 这次回去澳洲住 植物园旁边的小公寓 因为疫情 断断续续装修了一年 不知道 装修出来会是什么样子 我很期待 这次装修 卫生间 选了大水盆 我很喜欢大水盆 感觉用着很爽 感觉无论洗什么 水都不会弄得到处都是

[2021年2月5号 紫色和黄色的搭配]

回到墨尔本 加快了装修的速度 最近在自己刷漆 本来以为很简单 后来发现是自己知道的太少 刷漆要打磨 刷底漆 然后打磨 刷颜色 再打磨 再上色 …… 用了差不多三周时间 刷了所有柜子 床

[2021年2月10号 阴晴不定的天气]

和那谁打电话 我说你好 那谁说 你好Happy New Year（新年

快乐）我说 我们不叫 New Year 叫春节 那谁说 不 我说的是 New Year new 年 …… 后来弄了半天 才明白 原来那谁说的是 牛年

[2021年2月17号 有时 做得越多 赚得越少]

在自己装修 上插花课 找兼职的工作 开始的时候 每天晚上脑子都转不停 不过感觉现在进入正轨了 …… 人间疾苦 我当然也知道 生老病死 悲欢离合 不过正是因为有了苦 才有甜 人生是条河 日子是过 出来的

[2021年3月 当年的年]

可能因为最近出了食谱 加上过年在南半球隔离的我总是 时不时地能想起来 过年时候吃的菜

一般一放暑假 寒假的时候 我就会回到姥爷家 不知道为什么 每年就我自己 很早回到姥爷家 表弟们都是过年的时候和大人一起回来

夏天可以抓鱼 晃雨牛 去水库游泳 冬天也有冬天的活动 比如 打尜 放鞭炮 滑冰车

尜是像一个小号细长的可乐瓶那么大的一根木头 差不多一个巴掌那么长 两边削得尖尖的 像铅笔一样 用木棒敲击它的一侧 等

它跳起来的时候 用棍子在空中狠狠一抡 飞出去越远 得到的分数越高 因为我长得比较高 总是代表我们队迈步

到了冬天 姥爷会用塑料布把各个房间的窗户盖上保温 从房间里面几乎看不清窗外 到了晚上 姥姥做饭 我来烧火 农村用的土炕大锅 我坐在小板凳上 一边往里面放干玉米秆 一边快速地拉风匣子 幻想自己在炼一把宝剑 这样拉一阵子 饿了 饭也好了

杀猪之前的饭都很简单的 家里很少做米饭 很多时候都喝碴子粥 碴子粥是玉米粉做成的粥 没有米饭那么香 进到嗓子那里硌硌的 有的时候我吃不下去饭 姥爷就在我碗里放半勺糖 很奇怪 也不用加水 遇到碴子粥糖就化了 变成透明的液体 不舍得直接把糖拌进去 这样就不够甜了 只是用勺子舀着粥和上面的糖水吃

尽管姥爷家不富裕 但姥姥总是能做出可口的饭菜 蒸一块豆腐配蒜酱 抓一些面团 配白菜叶做疙瘩汤 切一点点肉炒过炖芸豆 蒸一锅土豆地瓜 那时候什么东西都好吃 什么东西都好消化 基本上没有浪费任何粮食 淘米水和边角余料 不留着的饭菜都拿去喂 鸡鸭鹅 猪猫狗

快要过年的时候 一家一家的 大家都回来农村 这时候姥爷才开始安排杀猪 往往一个村子里的人 家家户户都杀好了猪 但姥爷总是要等子女回来一起热闹 猪很聪明 杀猪的那天它表现得就没有之前那么快乐 猪被抬上架子 从别的村子找来的屠夫准备开始杀猪

这时候姥姥都躲在厨房里 不出去看 往往都是要哭的 因为养了一年有了感情

伴随着震耳欲聋的猪叫声 杀猪结束了 地上放着一个接猪血的大铝盆 有人用玉米秆对折不停地搅动猪血 防止凝结 久而久之 玉米秆上会出现红色 牛奶皮一样的固体 等猪血放光了 大人就会拿着这个玉米秆 带着小孩去村头小溪旁的 土地庙祭奉

再回到家里 家人 和亲戚邻居 都开始里里外外地忙碌起来

有的切猪肥肉在铁锅里炼油 这个猪油冷却后放到坛子里 是未来一年的用油

有的在猪圈那里清理场子

有的在给猪血调味

有的在给猪头剃毛

有的在切萝卜和酸菜

炸地瓜条和蔬菜丸子

这时候拉风匣已经来不及了 会有个小鼓风机连着大锅 不停地吹

因为土炕经不起这样一直烧 都要在靠近铁锅的一边把炕席掀起来 下面垫一块砖或者板凳 否则炕席是要被烧煳的

中午会在不大的房间里大大小小地摆上三四桌 犒劳来帮忙的邻居和亲戚 剩下的肉 留着整个正月慢慢吃 我们回家的时候 姥爷

姥姥也会给每家准备一些带回城里去

那么好吃的猪肉我只在老家吃过 后来去LA旅行 在一家很高级的墨西哥饭店吃了打猎回来的野猪肉 那个肉非常好吃 但老家的猪肉绝对可以和它媲美

到了晚上大家挤在一个炕上 每个人一条褥子 一条被子 像鱼罐头一样整整齐齐地排列 家里人多 又有烟火气 即使外面已经天寒地冻里面也不冷 总是听着大人们低声聊天 听着听着就睡着了

再过几天就要过年了 家里人包饺子基本都是流水线作业 有剁饺子馅的 有揉面的 有擀饺子皮的 有的包 因为一大家子 十几口人一般都会包两三种口味 可能是这个原因吧 我饺子皮擀得好 却不会和面 和包

姥姥会熬一些糨糊 妈妈和大舅写春联 我和老舅前后院地贴春联和彩旗 爸爸 和姨父还有 大舅二舅 这时候往往在打扑克 爸爸每次回老家都会换一些新钱 方便包红包 和"输"给大家

三十的下午 大人们都会让小孩先睡一睡 这样晚上才有精神放鞭炮 看春节联欢晚会和 倒数 开始几年 大家都一起吃饺子 看春晚再过了几年手机普及了 大家一边发消息 一边心不在焉地 看看春晚 只有到赵本山的小品的时候 大家才会放下手里的东西聚过来看

我和我表弟们里里外外地跑 放鞭炮 打扑克 晚上吃多了 坐在热热的炕上 总想吃点凉的 这时候姥爷就会从院子里的大缸里 拿回来几个冻苹果 冻苹果硬邦邦的 放到盆里浇一勺井水上去 没一

阵子 水面就开始结冰了 而苹果却变软了起来 拿一个起来咬上一口 吸里面的汁水 比超市里任意一款苹果汁都要美味 冰冰凉凉 酸酸甜甜 冻过的苹果 除了苹果籽 其他都能吃掉

正月初一一早 起来的时候 妈妈就会把准备好的新衣服给我穿上 从里到外都是新的 然后和每一位家里人拜年 姥爷每年都给我们这些外孙和孙子发红包 说发到结婚为止 但从工作开始 已经反过来开始给姥爷发红包了 我觉得我这个红包叫压岁钱更合适 希望姥爷老得慢点 身体健康

年前要接神 就是把家里面去世的人 请回家里一起过年 通常农村房子的格局 一进门就是厨房 过年的时候 一进门 正对面 会放一张供桌 供桌上挂着家里的族谱 也会摆上 糖果 馒头 年糕这些东西 同姓来拜年的人一进门 总是要上前拜一拜再进房间和大家打招呼

现在过年已经不像之前那么有味道了 但过年的精神却没有变过 每年十二月底的时候 爸爸妈妈总会在电话里问 今年回家过年吗 这个对团聚的向往 要一直到 我拖着行李在楼下喊 妈 我回来了 结束

在国外生活了十几年 现在也会和国外朋友一起过圣诞节 也参加过他们的圣诞 装饰圣诞树 交换礼物 一家人一起吃饭 但我觉得和中国过年的感觉还是不一样

如果说圣诞节是从 基督教的信仰转变而来的 那中国人 在过

年时 要回家这个想法可能就是我们十几亿人的一个信仰

我觉得中国年说白了很简单 就是讲究一个团圆

今年很多单位和地方 都鼓励大家就地过年 不要回老家了 想必对大家来说都很难 希望大家都过了一个好年 早点回家看看

[2021年3月1号 男生应该多为女生服务]

现在妇女节不叫妇女节 我看到很多地方叫女神节 想说女神节也很奇怪 应该也不是所有女性都想做女神

做了三个插花作品

紫色花捧 代表新娘

粉色花束 代表母亲

花泥插花 代表女性创业者

做这三个主题的时候 分别想到是梦 爱 和勇气 一朵朵花 看着娇柔 却能传达出 这样磅礴的情感 这就是柔软的力量 也希望在这个节日将这种柔软的治愈力传递给大家

有时候我在小巷里散步 看到的石头墙壁 看似坚硬 连钉子都穿不透 却常常 长出茁壮的花朵和美丽的枝蔓 会在心里默默地催眠 这种柔软也会渗透皮肤 滋润自己 慢慢地也会长成如春天般花朵的人

[2021年3月20号 宜家的蜡烛]

不和你睡的日子里 我自己也不能好好睡了

[2021年3月26号 光脚在沙滩上走]

夏天和秋天在我的浴室里 泡澡 / 三十号搬家 我妈说是良辰吉日 / 我习惯在卧室写东西 这个公寓卧室很小 在二手店看到一个 之前澳洲学校里的一套桌椅 在想要不要买 220AUD（澳元） 不知道之前用它的人是不是好学生

[2021年3月27号 真的中奖了 也不好办]

前几天 从朋友车上下来的时候 手机从身上滑下来 不偏不倚正好掉到下水道洞里 / 打电话去区政府 差不多半小时 来了两个大叔 帮我拿了出来 / 朋友说 你这太巧了 应该买彩票 / 于是我买了两张 结果两张都中奖了 一共中了 两千多 / 大奖是几千万

[2021年3月30号 49 Adams St]

之前去伦敦找对象的时候做了个花环 挂在门上 睡前许愿 结果 真的灵验了 / 上周末 教学生做了这个花环 但纠结了几次 还是没和他们讲 这个花环之于我的故事 学生做得都很好 / 今天 搬来新家了 开心

[2021年4月 二三事]

编辑和我说 有一本合集书的约稿 写一篇送给学生的文章 这时候我还是很心虚的

首先 尽管我看起来是很乖的学生 其实内心还挺叛逆的 如果是我自己不认同的 别人说的道理我很难听得进去 想必很多人也和我一样

再者 我觉得每一个时代都有每一个时代的特征 很多读到这篇文字的学生 我比你们大一轮甚至两轮了 我连现在流行什么歌曲 年轻人喜欢什么样的东西都不是很确定了 可能你们也不想听一个连抖音 小红书 B站（视频网站）这些东西都弄不太明白的人 讲大道理吧 说实话 你们这个年纪的人 能拿起一本书来看 我都觉得很了不起了

最后 我也没有觉得我活得多明白 尽管到了而立之年 还是有很多事没有看清楚 存在着各种各样的疑惑

这时候我想到了 几年前读到的 松浦弥太郎的一本书 叫作《给40岁的崭新开始》 尽管生活的环境 和年纪相差很多 但读起来有些地方还是觉得很有趣 所以这里准备写写 我进入三十岁以后发现的事 以及 一些体会和感悟

★ 1 买一点相对稳定的理财

我上大学的时候是 学习金融的 但说起来惭愧 对金融我差不多一窍不通 之前的收入 基本上都是寄回家里让父亲打理 三十岁之前 除了买了公寓基本上没有做什么投资 最近这几年 慢慢懂得

了些基本的理财常识 买了一些国内综合性的基金 做了定投 和一些澳洲相对稳定的股票 二十多岁的时候觉得 理财和我没有关系 其实现在想想 如果那时候把收入的10% 拿出来 做一些保本的投资 现在的收入就会很可观 可能年轻的时候 你会觉得自己没有多余的钱来投资 每个月都入不敷出 但其实你有一个很宝贵的东西 那就是时间 哪怕每个月只放一百元 在一个相对稳定的综合基金里 十年以后 你就会发现 它变成了一个很可观的数目 而更主要的 不是收入多少 是 财富对你来说不再是一件陌生的事了 好像养了一条狗 养了很久

★ 2 看《周末画报》

我们每天 被手机推送各种细碎的信息 很快速 但就像是嚼了十分钟的口香糖一样 没有什么滋味 信息都是点状 读到的观点比较多 事实比较少 而且这些观点往往也都很皮毛 没有什么新意 我觉得读久了 会变成一个无聊的人 在国内的话 我会习惯买《周末画报》 里面涉猎了 文化 经济 艺术和时事 而且它的信息是面状的 会让你变成一个更开阔的人 有的时候比如 写经济和时事的文章 我也看不进去 或者看不太懂 但也会硬着头皮 读下去 然后就会在不经意的对话里 或者 写作中 发现这些知识很有用

★ 3 和好朋友时不时地打个电话

我觉得 朋友很像葡萄酒

上学期间这个时间线 像是一根老藤 这个时期产的酒 比较值

得收藏 可以放一辈子那么久 它的意义不是喝掉 而是在那里 这一生里 你知道它一直在 而且越来越好

我现在最要好的朋友 基本上都是我初中 高中 大学时候认识的

当然 也不是说 出来工作以后认识的朋友就不值得交 新藤上遇到风调雨顺 也会出现好酒 该藏的也可以藏 该喝的也不要吝啬 大家一起分享

有一些朋友 像香槟 热闹 欢乐 瓶子一开 就要喝掉 否则浪费了

有些葡萄酒 已经做成了鸡尾酒 那你也不要纠结 硬要去品尝出酒的味道 感受 鸡尾酒的 新颖和乐趣就好

有一些酒比较甜 几口可以 多了喝不下去 年纪大了觉得还是喜欢喝干的 比较有滋味

不要觉得做饭时候用的酒就无所谓贵贱 好酒在哪里都是好的

不要觉得一瓶酒 买回家 打开了就一定要喝掉 自己不喜欢 同桌上也没人喜欢 就不要强求 不是所有打开的酒 都是要被喝掉的 倒掉并不可惜 所有的酒瓶都可以用来插蜡烛

一瓶好酒 你要好好对待 它给你带来的乐趣 不可言喻

和好朋友时不时地联系 就是保存一瓶好酒的方式

我发现 我和我好朋友打电话时候的 那个笑声和状态 是在日常生活里很少见到的

★ 4 涂防晒

如果想要皮肤好 少吃糖 多锻炼 多喝水 涂防晒

这些成本都不是很高 但能做到的人没几个

大部分人更乐意 被“种草” 花钱去买保养品 可能人都是这个样子 也很难改变 我自己也这个熊样

不过如果你有点精力的话 与其用 什么 爽肤水 眼霜 这些 不如就做好防晒 而且 越早越好

★ 5 常理发 少买衣服

少买几件衣服 多理几次头发 我恨不得两周就理发一次 觉得对形象的帮助比衣服要高

衣服真的没有必要 买太多 我每次搬家都会扔掉或者送出去很多衣服 平时穿的就那么几件 所以这几件衣服 我比较舍得花钱

★ 6 有一道 拿手菜

我觉得 插花和做饭真的丰富了我的人生 如果你不擅长做饭也没这个爱好 那至少掌握一道就好

★ 7 开始锻炼

身体很像一个锅炉 年轻的时候 放进去什么都能燃烧掉 过了三十二岁 晚上稍微多吃一点 都感觉 一晚上睡不好 所以我们看到很多人过了三十 就变了样子 这个时候再瘦就很难了 我觉得二十六岁 以后 一周运动个两三次 或者哪怕每天做平板支撑一分

钟 都是对这个锅炉的一个很好的维护

★ 8 有些事情 可以放一放

人生很像俄罗斯方块 不要总纠结于把每一个空都填满 有一个东西放错了 不用纠结 只要不乱了阵脚 终有一日那些没有被填满的缝隙都会过去的 而且 即使某一行 空了几块 你会发现 它们消失的时候 你得到的分数都一样

玩俄罗斯方块的乐趣 不在叠得整齐 而在游刃有余

★ 9 不要太相信别人说的话

大部分时间 人生都像小马过河一般

总有人告诉你 你应该和他分手 有人告诉你 你应该再给他一次机会

有些人会告诉你 考入好的大学才有好前途 有些人会说 虽然你现在成绩一般 他成绩很好 但二十年后你们境遇都差不多 性格决定一切

大部分时候 这条 生命之河 你还是要自己尝试的 你不是松鼠也不是大象 这河水是深是浅 是急是缓 你要迈开步子 脚踏实地 一步一个脚印往前走才知道

所以我说的这些种种 你也不用全信（笑）

祝大家都好 生如夏花

[2021年4月7号 最近很少用安东尼 这个名字]

关于生活 我经常有种穿越隧道的感觉 活得有点漫不经心 感觉眼前这些都不是重点 快乐和难过都不太重要 / 有的时候 坐车穿过长长的隧道 这种心里的想法和现实重叠 好像失重一样 喘不上气

[2021年4月12号 亮]

谢谢大家的信息 有你们在真好 我会好好生活 你也要好

[2021年4月20号 躺在床上看云]

我家热水发黄 我也没联系builder（工人） 怕他凿墙 不想再折腾了 每次泡澡都假装自己在日本 泡矿物温泉 / 自己做了pizza 酸奶 蘑菇 和一些香草 隔天都还很好吃 / 周末教插花 做烛台

[2021年4月25号 锻炼给我自由]

我觉得 我可以更开心一点

[2021年4月29号 红色的诗集]

之前在纽约的一个小巷的老书店里 看到一本 上面写着 “I call

him Adam because him I first loved”

写作的人 通过文字来和读者沟通 也经常陷入文字创造的 想象的世界里

于是回墨尔本之前 看到Adams St 有公寓在卖就买了下来

经过一年的装修 现在已经住进来一个多月了 尽管家具还没齐全 先把小花园种了起来

秋天到了 常常望出去 外面是金黄色 树叶的海洋 阳台上的花园 以后会开满紫色的花 我觉得会像梦一样

经常有人会问 写作的灵感源于哪里

其实就是来源于生活中的一首诗歌 一朵花 一个对话 或者是偷懒不愿意下床的早上

来自于那生活的不经意间

灵感来源有时候出其不意 令人惊叹

希望你不论在哪里 什么样的季节 都可以带着一片自己的花园 有果实不断成长 有鲜花不争不抢

[2021年5月 专栏]

从上海搬回墨尔本 走之前把上海家里的衣服整理了下 一直觉

得我的东西不是很多 但带走四分之一感觉也够穿了 不知道是平时买得太多还是买得不对 当时就默默在心里想 以后要买得少 买得精 贵的 经典款式的 可以一年买一件 便宜些 比如 优衣库 Cos（瑞典服装品牌）衬衣短袖这些可以定期更换 衣服鞋子 多了也很累人

还有一柜子衣服 告诉那谁 等我搬去墨尔本新房子以后 帮我寄过来 主要是好的西装 在墨尔本一时半会儿也用不到 但总要准备几件的

临走前几天 澳洲政府对从海外过来的旅客有了新的要求 需要提供 一周内的核酸检测报告 在网上找了下 离家里二十公里的一个医院可以当天拿结果 心怀忐忑地去了 因为回国的时候在机场落地时做的检测太酸爽了 感觉棉签从一个鼻孔进去了另外一个鼻孔 眼泪一下子就流出来

结果这次做的检测 只用棉签刮了下舌根 完全没什么感觉 我和护士确认了下说 这就完事了吗 她说是的 如果你要当天拿结果要多付三百块 扫一下这个二维码 我觉得这是个宰人的私立医院 但能一天内出中英文双语的检查结果 还是很爽的

要走的前几天 把很多活动 还有邀请都谢绝了 和Harry 一起去一家米其林餐厅吃了一次晚饭 晚饭之前我们在徐家汇公园拍了些照片 我说回墨尔本以后就没有人帮我拍照片了 他说 也可以找人

拍 我可以帮你修 我问他你还打算回墨尔本吗 他说 可能就回去看看朋友 旅游这种 不打算回去住了 可能在南京买个公寓 他说不想回去墨尔本我还挺难过的 墨尔本没有了Harry 对我来说 多多少少也有些不一样 但他好像忽然之间 就不想开车 排斥说外语了 感觉回国以后很开心 人就应该在哪里开心住哪里

那天晚上和Harry 吃得很好 酒足饭饱我又和他坐公交车去他家喝茶 两个人看了一部电影 什么电影我想不起来了 因为那家餐厅的菜好吃 走之前我带那谁和Kei去 但就算是相同的菜也没有那么香了 不知道为什么

走的前一天晚上和那谁做计划 我们决定半年内一定要见一次 一年内要住回一起 我帮那谁拿到了绿卡 到时候 可以从上海搬来墨尔本和我会合 在墨尔本工作 住个两年左右 一起搬去芬兰

在机场 拿出档案袋 给办理登机的女生 疫情期间旅行 手续比往常复杂 这时候 看到那谁在文件上贴的便笺 用红色的笔 画了一朵小红花 背面写着我会想你 我把那张便笺撕下来 对折了下 放到了护照夹里

坐新西兰航空回澳洲 在奥克兰转机 商务舱有点贵 只买了经济舱的空中沙发 宽度挺够 但我比较高 伸不开脚 一晚上睡得都不是特别好 新西兰航空我还是很喜欢的 总的来说很好飞 酒也不错 商务舱的座位平时性价比很高 吃饭的时候 很多人都戴着口罩 和

防护眼镜 没有吃 有一些人 穿着防护服 上了飞机基本上就开始睡 基本没有动过 我戴了一个密闭性很好的口罩 但是 该吃的时候吃 该喝的时候喝 没有特别在意 总觉得回到澳洲 总是要中的

飞机到了奥克兰 很明显 这边机场的工作人员没有国内的工作人员那样严格 大家没有穿防护服 戴护目镜 只是戴了口罩和手套 直接去了转机区域 坐等两个小时去澳洲 我这次要飞布里斯班 在那里隔离以后回墨尔本

飞机落地布里斯班 因为我一个朋友托我帮她带一个茶饼 一套茶具 一般来说 好的朋友我就直接拒绝了 但这个朋友不是特别熟 她既然开口了 我不好意思 就答应了 入关的时候 我在食物那一栏打了个叉 于是过了海关以后就被抽查了 我之前也被抽查过 所以不是特别紧张 本来以为疫情期间 任何人之间要保持距离 检查不会太认真 结果特别严格 我两个箱子 两个背包一样样东西都检查了一遍

先看到一把车钥匙 把它握到手里 问我开什么车 我说我不开车 我有个朋友欧文在阿德莱德是卖二手车的 他新买了辆车 钥匙在中国的车主这里 寄给了我 我帮着拿回来 他看了我一眼 半信半疑

然后拿出了钱包 发现我有两本驾照 问怎么回事 我说之前驾照丢了一次 于是就又申请了一个 后来之前的驾照又找到了

他又问我为什么有三部手机 我说一部是我一直用的 一部是那谁送我的圣诞礼物 还有一部是之前在芬兰旅行时 觉得很可爱就买了的诺基亚 有的时候我会把中国电话卡放进去 接收短信用 这个时候他已经完全不相信我了 让我把手机密码解锁 看了一圈我的消息和照片 把手机给了他一个同事说是拿去检查

我不清楚他在他的系统里查到了什么东西 他问我为什么你一直出国旅行 美国和欧洲 还有几个东南亚国家 我说因为工作关系

他又问我为什么从泰国寄了个集装箱来澳洲 这时我已经在海关这里一个小时了 他没有找出来任何违规的东西却一直在盘问我 我有点不耐烦了 说没有这回事 他说 你不要骗我 我什么都能查出来 我说你只是在虚张声势

他又看了我其他几个箱子 最后说 你可以走了 手机要留下来给我们检查 他们让我签了一份文件 就放我走了 在去隔离的大巴上 我也没有手机 看着外面的街景觉得特别恍惚 稀里糊涂手机就被没收了

到了酒店办理了入住 我觉得很有趣的是 澳洲对隔离酒店这边工作人员的要求没有很严格 酒店里的工作人员都是看到大巴来了才戴上口罩 但他们其他方面做得很好 比如一日三餐的要求 要不要吃素食 要不要犹太洁食 或者不含麸质 做得很细致

如果隔离中觉得压抑或者精神紧张 要联系什么电话 如何自己排解 给了一大堆文件 就进去房间了 说是隔离后再付款

蓝：陪安东尼度过漫长岁月 VI

中国隔离酒店因为是晚上到的 过了晚餐时间 每人发了一盒方便面 付了钱 就直接上楼了

我的房间在二楼 楼下有个蓝色的小游泳池 加上一旁的棕榈树 让我想到在好莱坞那边看到的小的精品酒店 也没有特别担心手机的事 洗漱了下就睡了 第二天 电脑上收到小托的邮件 问你到哪里了 给你发信息 没回 我说我在黄金海岸隔离 我手机被没收了 他特别气愤 说这是种族歧视 我说没什么事 说是一两天就会给我 到了第三天 还是没有手机的消息 小托说 他妈妈准备在脸书上 写这件事 找新闻频道曝光 我说千万别 我不想把这件事弄大 再说仔细想想 我确实很可疑 估计很快就会把手机给我了 没有手机这几天 我过得特别有规律 早起先在床上呼吸练习 然后起床锻炼二十分钟 洗脸 喝酸奶吃麦片 更新了公共账号 下午午睡 看剧 看一会儿书 晚饭后再锻炼下 晚上十点之前就睡了 三四天下来做了很多事 皮肤都变好了很多

到了第五天手机退回来了 开机以后发现也没啥变化 回复了很多消息和邮件 之前的生活完全被打乱 早起就躺在床上玩手机了 晚上也和朋友讲电话 时差原因 一点才睡

坐在隔离酒店的阳台 看着外面渐渐暗下来的天边 近处马路对面的加油站 不时地有车开进来 我熟悉的样子的澳洲人下来加油 心想 我就这样 回家了

[2021年5月14号 外面树叶开始变黄]

泛黄的 浅浅的 温温凉凉的浴盆 每次泡的时候 都悲从中来 想住酒店

[2021年5月17号 我确实喜欢麦当劳多一些]

来悉尼工作 住酒店里 终于有了足够的热水泡澡 贪得无厌 皮肤烫得通红

[2021年5月21号 Focus on your blooming（专注于你的绽放）]

Don't let anyone dull your rainbow （不要让任何人把你的彩虹变暗）

[2021年5月21号 一只小蜜蜂 飞在花丛中]

娇兰两款新的香水 花里有话 为此我做了两款插花 几天内分别涂在两个手腕 反复地闻 脑袋里出现了很多童话的意象

紫色的芳野仙踪 让我想到《野天鹅》 无忧无虑的公主和十一个哥哥生活在城堡中 女巫把王子们都变成了天鹅赶走了 公主逃了出来 她没有怨天尤人 在仙女的帮助下 开始用荆棘和树莓的枝干来编织衣裳 仙女说直到你的哥哥们穿上这些衣裳 变回王子之前

你都不能开口说话 公主真的默默地 开始一个结一个结地编织起来 植物上大大小小的刺 反复扎破她细嫩的手指也没停下来 她被诬陷是女巫 百姓们要烧死她 去刑场的时候她还在默默地编织 她终于在最后一刻 用自己的坚强 和 爱 帮助哥哥们恢复了原样 也终于可以开口让真相大白

不知道为什么 我小时候看这个故事的时候 就一直觉得它是紫色的 十一个王子化为天鹅后 用网带着公主离开的插画 一直印在脑海里 有一些让人难过 但又有一种坚定的浪漫

它的气味不断变化 安静又迷人 有湿润的沼泽感觉 但又点缀充满希望的白花 蘑菇 树莓 干枯的草 柔弱但有力的鸢尾 纯真的公主有勇士的行动力 成长在芬芳的温室 却在野地里蜕变

另外一瓶 蜜意暖阳 没有这么有层次和辗转 把鼻子贴近手腕闻到的 是大片大片 有蜜蜂飞舞其间的 金黄色花田

它让我想到《巨人的花园》 巨人去食人怪家做客的时候 小孩子们跑进他的花园玩耍 他回家的时候发现小孩在花园里 玩闹 大声喊叫把他们都赶走了 之后就在花园周边建了高高的围墙 那之后再也没有小孩进来 但花园也失去了活力 春天再也没有降临 巨人一个人在那里生活了一年 又寂寞又寒冷

有一天早上 他忽然听到小孩玩耍的声音 和鸟叫声 原来高墙破了个洞 小朋友又钻了进来 整个花园温暖起来 柔软的草地上 层层叠叠开满星星一样的黄花 花园里的树 伴随着蜜蜂的嗡嗡声 不断生长发芽 他看到在花园的一角 有个金发的 英俊的小男孩 因为怕爬不到树上 在那里哭泣

这一幕一下子让他的心柔软起来 他仓促地跑出门去 轻轻地抱起小孩 小心翼翼地把他放到树上 金发的小孩笑了起来 巨人一下子沐浴在阳光里 感受到了一种从没拥有过的温暖

蜂蜜 浅色玫瑰 金色水仙 橙子和柠檬的清香 有一种整齐而又向上 追寻温暖阳光的力量

我觉得这两个香水叠加 同时拥有 安徒生的充满幻想而又乐观和 王尔德的唯美和睿智

[2021年5月24号 藏在心底的秘密]

秋天能装下所有果实 却装不下 夏天的爱恋

[2021年5月25号 好朋友都来帮忙]

装修 从2020年夏天到2021年夏天才做完 因为无知而无畏 后

面很多刷漆 安装都是自己和朋友一起做的 累得浑浑噩噩的 每天都靠咖啡来打起精神 因为墨尔本咖啡质量太高了 我觉得没有必要花很多钱买咖啡机 基本上都下楼买 家里只有简单便宜的速溶咖啡 有的时候朋友来吃饭 饭后会来一杯 我自己很少喝 我饭后更喜欢喝茶

现在在新家住了几个月 已经有家的感觉了 墨尔本进入了冬天 可以穿好看的衣服叠搭 睡得更香了 但还是怀念夏天时候 和朋友一起 装修的日子 做手工活 真正创造一个家的日子

[2021年6月 新公寓]

1.墨尔本的新公寓已经买了差不多两年 第一年租了出去 同年十月左右 那谁的大学同学 可爱特 从墨尔本来上海旅行 住在我家 我们也成了好朋友 那谁告诉我可爱特是很好的学生 在设计方面比自己更优秀 于是我问可爱特有没有兴趣 帮我设计 Adams St 上的公寓 她愉快地答应了 差不多半年后 她陆陆续续 发过来一些设计图

2.因为是 Art Deco（艺术装饰）风格的房子 差不多有一百年的历史 所以可爱特选择了 那个时期的色调 红棕色的瓷砖和家具 软木地板 去掉了 厨房的墙 用一个多功能的大家具 分隔了 客厅和厨房 这个大家具里 设计了 冰箱 电视 贮存空间 打印机 这些空间

3.风格和我上海家里的 冷淡北欧风格很不一样 我很喜欢 于是在去年三月的时候 开始动工了

4.整个装修期间 最贵的地方除了人工 就是我们定做的这些家具 为了控制预算 厨房选了宜家的组合套装 那里省了不少钱 也节省了很多时间

5.装修期间 可爱特和包工头闹得不开心 于是那谁在最后三个月里接管 接着 那谁和可爱特在设计上也产生了分歧 于是我就在他们三个人之间周旋

6.今年二月回到墨尔本以后 这个公寓终于快要完成了 家具进来以后 可爱特说 不想找专业的人来涂漆 怕弄得太完美 看不出来自己做的家具的特别 想要更自然 更有手工感觉的效果 加上 我们已经花了太多钱了 她推荐我们 自己粉刷 我想着 刷几个柜子能有多难就答应了

7.结果刷完一个柜子就后悔了 原来粉刷的时候 要把每一张门抽屉都卸下来 用砂纸打磨每一个面 涂一层底漆 之后 要再打磨一遍 然后涂 一层不反光的 有色的油漆 再打磨 之后擦干净 才能涂最后一层反光的油漆 单单一个柜子 也要刷个两三天才能结束

8.我们刷了大大小小五个柜子 刷到第三个的时候 我就有点绝

望了 就好像有时候坐长途飞机去海外 过了三四个小时以后 感觉永远没有头 一样

但刷着刷着速度就快起来 不知不觉也刷完了 可爱特说 我们至少省了两三千澳币

9.后来我又自己搬了冰箱 装了烘干机和洗衣机 最后一两周森森过来帮忙 帮我弄了很多东西 我妈说 三月三十一号是个好日子 于是我就赶在那天搬了进来 当时没有沙发和桌子 和Jess 在地上吃了我煮的咖喱 也算是正式开伙了 晚上睡在新家里 有点恍惚 除了新买的床罩睡着有点硬 其他都很好 安静而又舒适

10.我原本想着 这个公寓也不大 一室一厅而已 我会在靠窗的一边做一个长条的 daybed（躺椅） 所以就不准备买沙发了 想说有两张 舒服的椅子就够了 在二手市场选了一张我很喜欢的 老式的椅子 结果那谁不喜欢 我说那这样 我先买了这张 另外一张椅子等你来了自己买 于是很长时间里 我的厅里就只有一张 沙发椅 有几个朋友看到了 都说 看着很悲伤

而且 我还发现一个问题就是 和朋友们吃完饭以后 大家看电视的时候 没有坐的地方 让来让去之后 大家都坐在了地上 久而久之 很不方便

11.前几天看到视频上 Troye Sivan 介绍他墨尔本的家 他指着他的沙发说 买这个沙发的时候 设计师说 这是全世界最舒服的沙

发 用了之后觉得 的确如此 是墨尔本的一个牌子 叫 Maker & Son（沙发品牌）

12.当时我还没什么反应 后来忽然想到 其实那个沙发挺适合我家的 因为家里木头质感的家具很多了 其实新买的沙发应该看起来是另外一种松散的质感 变成一个背景 而这款沙发 看上去都是面料和靠垫 正合适 又是墨尔本当地的牌子 我就打算买了 Troye 的那个沙发是橄榄绿的 我看了网站以后 更喜欢 那个咸鸭蛋色 下单之前看到网站上有个聊天的对话框 那天正好是周日早上 我想澳洲这里的周日上午 肯定不会有人在线 但还是发了消息 问 网站上这四种面料 哪个最结实 过了一分钟竟然有人回复了 她叫Liz 她说推荐那个棉麻混纺的面料 她自己用了两三年 可以机洗 现在看起来还像新的一样 我说那好就这个了 我想要那个咸鸭蛋色 新书《青》在我想象里 应该就是那个颜色 她说 那个颜色特别好 可以发几张 真实的 在别的客户家里的照片给我看看 要了我邮箱 收到邮件 看了落款我才发现 原来Liz是这个牌子的总经理

13.她说她正在家吃早饭 周末她知道客服不上班 看到有人提问 她就上线回答一下 然后我们聊了一阵子 她告诉我说 现在这个沙发订单很多 他们来不及生产 要等十周左右 我说我家没有沙发现在 很着急用 不想等那么久 她说 要么这样 你要的这个款式 正好我们有一个库存 不过是月光石色的 你可以拿去先用 等你要的颜色的面料到了以后 再换过来就行 我说这太棒了 非常感谢 我说

我Instagram（社交软件）上可以帮你发一发 她看我 Instagram很多人关注 说 如果他们可以来拍照 并用这些照片 的话 可以给我个九折 我说好啊

14.她说前几天 有个歌星 发了他们沙发的视频 完全不是植入或者 商业合作 就顺其自然地发生了 还给我发了那条 Troye介绍新家的视频 我当时想回复 Well how do you think I found you guys（你觉得我是怎么找到你们的） 但是 看着她的热情 我控制住了 只是说 太棒了 真的为你们开心 我也很喜欢 Troye

15.明天就能收到沙发了 下周餐桌也进来以后 这个家里的东西基本就齐全了 在上海的时候比较忙 回来墨尔本以后 好像新家弄好之后 也没有什么事情要做了 今年墨尔本厨师特别紧缺 应该很容易就能找到一份厨师的工作 但一想着 工作了 就没什么时间打网球 游泳 看书 再加上 周末教插花 没有什么空余时间了 于是没有申请工作

16.申请了一个 爱马仕销售的兼职 结果对方回复问能不能去做全职 我也放弃了 只想一周工作个两三天 我做时尚的朋友听说我放弃了爱马仕全职的工作 觉得非常可惜 他说 你知不知道 在爱马仕做销售 你就是站在时尚食物链的顶端 我有一些VVIP的客户每年都花上千万买衣服的 平时都趾高气扬的 进了爱马仕都变成一副乖乖的样子 基本销售推荐什么他们就买什么 …… 我笑 说 我真

的很不理解这些

17.有的时候在家会觉得有点无聊 因为我这个年纪的人 以及很多朋友 大部分都在事业的 上升期 或者有家有室 无论是平时还是周末 和朋友都很难约到一起

18.我觉得我要好好安排一下自己 能有现在这样的闲暇和自由是一种幸运 不能这样虚度下去

19.前几天 看到一个国外的做饭视频 做好饭后那个大厨对着相机说的几句话 我觉得特别好 他说 “人们经常偏爱用错误的快乐 来弥补真正快乐的缺席 因为他们对于传统 亦步亦趋 我想举起手中这杯葡萄酒 敬那些不拘一格活着的人 那些为自己创造快乐的人 敬你们 我亲爱的朋友”

20.我要努力地为自己创造快乐

[2021年6月2号 Weibo日记 龟背竹 长得太快 才裂开]

高考 就是 是骡子是马拉出来遛遛的时刻 祝大家学有所成 超常发挥 / 但同时 也想告诉大家 这并不是终点 也不能决定一生 从这以后 大家就要离开磨坊 去更广阔的天地了 你的故事才刚刚开始

[2021年6月4号 没吃光的冰激凌]

刚刚说完 爱马仕就接到 Vogue Business （商业媒体品牌）的一个采访

之前在BoF（时尚商业媒体）工作的 Denni 发消息到工作的群里 问 这次的VB Open Mic（开放麦）栏目想采访时尚跟商业领域里的四到五位爱马仕VIP（重要客户） 想听下你们对爱马仕的想法 来讨论一下爱马仕为什么那么稳 不需要做所谓的“年轻化”

小茫说 安东尼没有怎么买爱马仕 也不算VIP

Denni说 其实他们对VIC（贵宾）的定义也比较宽泛 其实还是想找你这样的消费者 能说出一些（不买包的）门道 我觉得他比较懂时尚行业跟生活方式 又是行业内有影响力的人 没问题的

我说我可以 试试 于是回答了以下的问题

1/ 现在奢侈品牌都在做年轻化 但爱马仕有些“佛系” 有些例外 你认为爱马仕真的不需要年轻化了吗

我认识的年轻人里 和比他们年纪大很多的人在一起交往的 分为两类 一类是不仅仅喜欢年纪大的人 也喜欢年轻的 和年纪大的人在一起 往往不是因为爱这个人本身 而是这个人身上其他的一些东西 另外一种 就是真的很喜欢年纪大的人 同龄的人 再漂亮也看不上 前者大部分分分合合 后者相对稳定长久 在后者的关系里 常常年纪轻的 比年纪大的还忠贞 懂事 我觉得爱马仕和年轻消费者

更像后者的关系 它可能不适合所有年轻人 但喜欢的就是真的喜欢 品牌能做自己比较好 自在 而且 爱马仕也没有倚老卖老 在优雅的同时 还是充满好奇 不断创新

2/ 在爱马仕购物最让你印象深刻的体验或者一次经验是什么（国内外的体验都可以）

没买过爱马仕的大件 都是些小东西 笔记本 卡夹 衬衣 丝巾这些

丝巾不太会用 每次都系不好 后来就放弃了

白衬衣很喜欢 和其他品牌比起来甚至还便宜一些 质感很好 别的品牌我平时穿38码 但爱马仕的衬衣39码的很合适 每次去巴黎都买个两三件 可以像制服一样穿

3/ 爱马仕的变与不变 能不能聊聊你眼中爱马仕这几年 甚至这十几年有什么变化

这几年的话 感觉时装方面 因为设计团队比较稳定 整体的风格也是非常一致的 我很喜欢他们每次男装的秀 特别是疫情以后 不哗众取宠 感觉力气都用在了对的地方 可以反复地看

4/ 市面有没有哪个品牌有潜力做到爱马仕第二的

肯定有 但我不清楚

*其实最后一个问题 我想说 没有的 但总觉得 应该有 不然这世界多无聊

[2021年6月6号 过了三十六才觉得老]

墨尔本 又开始封城了 在家看书 锻炼 写东西 一个人在家的日子里 开始补充VC（维生素C） 锌和鱼油

难以想象 从2019年底开始 现在都2021年 六月了 疫情还在蔓延 我们又进入封城 大家一定要注意身体 增强免疫力

[2021年6月10号 最近流行吃 牛肝]

早早就上了床 看书看饿了/ 多年前买了条腰带 不知道当时怎么想的 花了七百多买腰带 而且就用了一次 可以算是 买得最失败东西前三名 还好Jess 在网上帮我三百卖出去了

[2021年6月16号 墨尔本皇家植物园]

前几天刮大风 植物园有很多 很大很美的树枝 散落在地上 很想扛一枝回家 插起来 但是不敢 想象着 把很大的树枝固定在阳台的墙上 在屋子里 望出去 一定很美 感觉自己生活在树里 / 今天午饭后 去植物园散步 看到地上一枝折断了的鲜花 走出去好几步 又

走回去 想说如果只是从地上捡的应该无所谓 但还是做贼心虚地慌张地捡起来 放到口袋里 回到家里 赶快给插了起来……觉得好美啊 开心

[2021年6月16号 和人打交道 就变得很不自在]

装修了一年 给邻居添了很多麻烦 最近 几个朋友来我家 又按了邻居的门铃 邻居 给开的门 / 想送他们一束花 又不好意思敲门 在门口踌躇了几分钟 把花留那里 回家写卡片 这时听到 邻居回来了…… 她看到这个花应该很迷惑吧 / 写了卡片又放了过去 ……快速 回家关了门 / 公关在就好了

[2021年6月24号 沙沙 沙沙 沙沙 沙沙]

家里装了指纹锁 但楼下大门需要钥匙 一个月内忘记带钥匙五次 有的时候在门口等 有一次买的外卖 饿得不行 按了邻居门铃 帮我开的门 / 周一和朋友吃饭 回家的时候 晚上十一点多 发现没带钥匙……死活是按不下去邻居的门铃了 于是去住了酒店 / 菜叶上的蜗牛 在冰箱里放了三周 拿出来还是活的 / 上个月电费三千多 于是我把别的房间地暖都关了 只留了浴室的 地暖太舒服了 经常有去浴室地上坐着看书 写东西的冲动

[2021年7月 专栏]

咖啡

不知道从什么时候开始 身边的人都开始喝咖啡了

十几年前 刚出国的时候去星巴克点咖啡 也不知道怎么点 学着中国小说里的样子 点 espresso 意式特浓 对方反复确认给我做了一杯 小小的 硬着头皮 喝下去

澳洲人很实在 直接打出来的这种 意式特浓 他们叫 short black 如果加了些热水进去 变成美式的话 就叫 long black

再之后 也是学着 小说里的样子 开始喝 cappuccino（卡布奇诺） 直到有一次 在英语课堂上 老师问大家都喝什么咖啡 我说我喝 cappuccino 老师说 一般女孩子爱喝那个 当时弄得我挺不好意思 默默决定以后不要再喝cappuccino了

后面的十几年里 我都是喝 拿铁和澳白比较多 严格意义上说这两种咖啡是很类似的 一般在店里喝的话 拿铁的玻璃杯子要比澳白的瓷杯子大一些 所以同样的咖啡比例 拿铁里面的奶要多一些 但如果是那种下单之后带走的咖啡 经常会因为那种 take away（带走） 杯子大小一样 所以里面的咖啡也没什么差别 因为 latte（拿铁） 就一个单词 flat white（澳白）是两个单词 所以一般在墨尔本叫take away 我都点 latte

过去两三年生活在上海 我发现我点咖啡的时候都点 澳白 可能这个名字里寄托了我对澳洲的一些想念吧 怎么也想不到 这平淡

无奇的 flat white 竟然也走出了国门 进入了中国大都市

墨尔本咖啡好喝 这点是毋庸置疑的 去了那么多城市 没有一个地方的咖啡可以和墨尔本媲美 不过 上海 伦敦好喝的咖啡也越来越多了 前几天我和一个从悉尼搬来的朋友出去散步 他说 他觉得墨尔本的咖啡不好喝 没有悉尼的好 不过话说回来 悉尼的人 永远都觉得悉尼的东西比墨尔本好 所以他对咖啡的评价没有特别客观

不过这次回来墨尔本 喝了一些地方的咖啡 我觉得墨尔本的咖啡也有一些问题 一个是不够热 一个是 口感偏酸 这可能是一个新的流行趋势

我最近喝咖啡 喝里面奶很多的 喝了以后就不太舒服 所以一般就要 short black里 加一点点牛奶 要take away 的时候 拿到的也是小小杯 两口就喝光了 每次这样解释有点麻烦 昨天去一个朋友的咖啡馆 他过来聊天的时候我向他请教 他说 你可以点 double expresso macchiato（双倍浓缩玛奇朵）

估计接下来我都会喝这个

我在家不怎么喝咖啡 也没有咖啡机 早上起来喝热水 晚上饭后会喝一些玫瑰花茶 或者发酵过的红茶

远距离的恋爱

回来墨尔本之前 我和那谁商定我们不要分开太久 半年之内要见一次 二月离开的上海 那谁买了六月的机票来墨尔本 尽管已经打了两针中国疫苗 但进来的时候还是要隔离两周

最近 那谁的一个很大的项目中标 不得已 来澳洲的日期要延迟一个月

还是会每天通电话 但是说的事情越来越没劲了 我经常打开视频一边聊天一边做自己的事情 按理来说 那谁要比我忙很多的 但每次打电话都 拿着手机 看着屏幕 现在想想 这点我做得挺差的

前几天两个人吵了一架 我发消息过去 说我们最好一周之内不要联系 想想我们都想要什么 那谁发了视频邀请过来 我没接 那谁发消息过来说 你这样直接发消息过来说 我们一周不要联系的做法很不成熟 我尊重你的决定 但至少我们不联系之前 应该通个电话 仅仅是这样断了联系 对我们的感情很不好 于是我打了回去 明明很生气 但看到那谁却笑了出来 看到我笑了 那谁也笑了 那谁问我你在想什么 我说 我在想我们到底适不适合 我觉得你能找到更好的 我很喜欢你 但我不知道 是爱 还是喜欢你的优秀 那谁问我 能不能 进一步解释

我想说 我希望和你在一起 是因为我爱你 不能失去你 时时刻刻想着你 而不是因为我们般配 你又美 又优秀 我们现在每天聊天

感觉像是打卡 没有什么热情 但我没有说出口 觉得说多错多

然后两个人约定 一周之后再聊天 那谁说 好 那我们周日晚上八点 我说可以不定时间吗 我们想聊天的时候就聊天 周日晚上 那谁说好

那谁说 安东尼 我希望你知道 无论发生了什么事 我最在乎的是你 如果你觉得现在我们的关系怪怪的 你要知道这不是一个正常的状态 你对我们的感情有疑惑 我理解 有的时候我也有同样的疑惑 但和你在一起的时候 我真的很开心 那些感觉都是真的 我希望可以早点见到你 我点头说 我知道 我也想早点见到你 我们说了再见 就把电话挂了

墨尔本出现了新的疫情 又进入了 封城状态 我已经在家待了两天了 除了上厕所基本上没下床 睡觉看剧 非常低迷 和那谁打了电话以后 我竟然下了床 穿上衣服去附近公园走走 公园里散步的人很多 除了跑步的人 大家都戴着口罩 有一些常青的树是绿色的 大部分树是黄色 发红的黄色 翠绿的黄色 干枯的 没有生命力的黄

下午四五点钟的阳光斜射过来 不热但有一种特别的能量 干净而又透明的光谱 像极了九十年代的挂历上的照片 拍了张照片 想要发给你 但又想 自己说一周内不要联系 就放弃了

耳机里在听 一个澳洲电台的广播 采访澳洲在咖啡馆工作的一

个 伊朗男生 他的声音很好听 有一点点口音 他说他在伊朗的时候是个研究生 现在在一家咖啡馆做清洁 一小时十块钱 是澳洲工资最低标准的一半 但他特别开心 他很节省 把一半的工资省下来准备买房子 把老婆接过来住 他的声音听起来很诚实 又坚定

我鼻子有点酸 心想 如果我处在他那种境地 也会努力工作 攒钱买房子 把那谁接过来 想到这里 又笃定了对那谁是爱

我觉得可能是我太贱了 生活太安定 没有什么苦难 就总觉得哪里不对劲 想制造问题检测自己 我想把这些想法写下来 发给那谁 但终究没有发出去 在睡觉之前 发了一条消息 你到家了吗

那谁回复 我到家了 都好

[2021年7月2号 喜欢二手衣服]

Jess帮我把皮带卖掉了 我请她吃日本菜 点了套餐 但前面几道菜都小小的 上得也慢 越吃越饿 等主菜的时候 我和Jess 都觉得不够吃 于是点了个 鱿鱼米饭石锅 跟服务员说 和主菜一起上来 这个店里工作的好像都是日本人 那个很热情的服务员 有点惊讶 说 点太多了……但 吃不完可以带走 来了饿意的我 自信地笑着一字一句点头说 我们能吃完 没多久主食就上来了 说好的是鸭肉毛豆面团 结果是两道菜 鸭肉和面团 每一道都是一个主菜那么多 这时候

我们已经吃了五六个小菜了 鸭肉油 加上面团实诚 吃了几口 也快饱了竟然 接着满满一盆米饭石锅来了 …… 味道很好 但吃了一半 我俩就吃不动了 Jess说 你打包明天吃吧 我说 党昨天过生日 我们今天在日本人面前 一锅米饭都吃不完 不丢人吗…… 然后两个人埋着头愣是把它扫光了 今早起来 还是饱的

[2021年7月4号 但愿人长久]

“我爱你 从这里一直到月亮” / 那在梦里 我要去 月亮上看一看

[2021年7月12号 普鲁斯特问卷]

最近有个媒体 让我回答 普鲁斯特问卷 其实这个问卷 不是《追忆似水年华》的作者编辑的 不过因为他十三岁和二十岁的时候 分别做了回答 两次答案不尽相同 从答案里能看出一个天才作家思想上的转变 后来这个问卷在法国文艺界流传开来 大家把它命名为 普鲁斯特问卷 我尝试 回答了一下

★ 1.你认为最完美的快乐是怎样的

不要太突然地来 也不要骤然而止 但 有始有终也很重要

★ 2.你最希望拥有哪种才华

自我的时候不讨人厌 游刃有余的时候又简单 单纯

★ 3.你最恐惧的是什么

吃坏肚子的时候 找不到厕所

★ 4.你目前的心境怎样

没啥特别 喜怒哀乐

★ 5.还在世的人中你最钦佩的是谁

朋友和家人的部分特点

★ 6.你认为自己最伟大的成就是什么

按照自己想要的方式生活

★ 7.你自己的哪个特点让你最觉得痛恨

自制力匮乏

★ 8.你最喜欢的旅行是哪一次

太多了 经常旅行的时候 没有觉得怎么特别 回想起来 有滋有味

★ 9.你最痛恨别人的什么特点

我觉得 痛恨这个词很消耗能量 如果有什么我不是很喜欢 或

者 不舒服的地方 离远点就好了 不会达到痛恨的地步

★ 10.你最珍惜的财产是什么

一时想不到有什么财产 感觉拥有的东西都是暂时的

★ 11.你最奢侈的是什么

我有一柜子 排列整齐 透明密封 又标明了名称的做饭用的香料

★ 12.你认为程度最浅的痛苦是什么

程度浅的只是 生活罢了 谈不上痛苦

★ 13.你认为哪种美德是被过高地评估的

可能有一些不好的特质被过分 批判了 但没有任何一种美德被过高评估

★ 14.你最喜欢的职业是什么

水手

★ 15.你对自己的外表哪一点不满意

我经常会觉得 这个身体陪伴我这么多年 真的很辛苦它了 能保持这个样子 我已经心怀感激了

★ 16.你最后悔的事情是什么

不方便说

★ 17.还在世的人中你最鄙视的是谁

同问题 9

★ 18.你最喜欢男性身上的什么品质

天真和愚蠢

★ 19.你使用过的最多的单词或者词语是什么

不清楚 如果我知道 我会减少使用

★ 20.你最喜欢女性身上的什么品质

爱的能力

★ 21.你最伤痛的事是什么

都还好 都能过去 过去了 也就放下了

★ 22.你最看重朋友的什么特点

有各种各样的朋友 也有各种各样的特点 好像不同口味的冰激凌 即使有喜欢的口味 也会想要变化

★ 23.你这一生中最爱的人或东西是什么

我觉得爱应该是流动的 说成最爱的话 它就变成了死水 没有滋味了 硬要说 有什么最爱…… 四季变化

★ 24.你希望以什么样的方式死去

身边的人 有准备 我没什么准备 看着看着电视就死了 感觉还不错

★ 25.何时何地让你感觉到最快乐

和时间地点没关系 其实 快乐也是一种能力 有时候

★ 26.如果你可以改变你的家庭一件事 那会是什么

希望可以给爸妈 买更好的医疗保险 可惜他们现在年纪大了 好的医疗保险现在买 有点晚了

★ 27.如果你能选择的话 你希望让什么重现

看看 年轻时候的爸爸妈妈

★ 28.你的座右铭是什么

感觉这是来自 一九九一年的问题 哈哈 可能是 不过如此 吧

[2021年7月21号 一个人的生活 也不算太坏]

想和优秀的单身直男做朋友 为了我的女朋友们

蓝：陪安东尼度过漫长岁月 VI

二月离开上海的时候 和你约定我们不要分开超过半年 七月的时候 你果然带了大大小小四个箱子 来澳洲了

你来之前 我和你说了 在机场海关被种种刁难 嘱咐你不要带吃的 报关卡片也要认真填写 你也听话 带了吃的 还有药 前些日子去旅行时 鞋子上的泥土 这些都填报了

结果你说 过海关的时候 官员看了一下入境卡 问带了什么吃的 你说咖啡 还有一些药 海关的人问是处方药吗 瓶子上都有标记吗 你老实说 有一些是处方药 有一些不是 不是所有的药都有标签 …… 都已经这样了 澳洲海关竟然一挥手 说 进去吧

相比之下 不知道是我运气不好 还是澳洲海关有歧视

你隔离的这两周 我们开始用网飞的party功能一起看电视 一边看一边留言 偶尔打游戏 每天都通电话 有的时候 没有话要说了 就把手机放在那里 视频开着 自己做自己的事情

本来我打算在你隔离的最后几天来布里斯班 可以去隔离酒店接你 两个人在布里斯班玩几天再回墨尔本 没想到 悉尼疫情严重 每天上百个新患者 结果墨尔本 也在清零后没多久 又有了十几个新增 政府临时决定 lockdown（封锁） 不能离开家五公里 只有三种情况下可以出门 买吃的 锻炼 和去医院

我对你说 这下可好 好好地放弃了上海热闹的夏日 来到冬天的澳洲 先是酒店隔离两周 现在来到墨尔本 又遇到封城 而且我甚至不能去墨尔本机场接你了 你说没事 这次来就是为了见你 我们一起在家也有很多事可以做

于是 上个周二 我听到楼下有车停下来 你戴着口罩从车里走出来 又卸下来两大两小四个行李箱 抬头往上看 正好看到我 我飞快地跑下楼

两个人抱在了一起 就这样 我们又见面了

[2021年8月 专栏]

我前前后后 有过几个打扫的阿姨 每一个都很喜欢

在墨尔本买的第一个公寓 搬进去住了一阵子 就觉得需要一个打扫的阿姨 尽管平时自己住得也算干净 但总需要一周有个人来做一次彻底的清洁 于是在百度上找了一下 好像打了一两个电话以后 就找到了平阿姨

平阿姨是山东人 比我妈妈小几岁 我们在电话里谈好了价钱和时间 她就来我家工作了 平阿姨在我家工作了两三年 一直到我离开墨尔本去了伦敦才结束 她性格很豪爽 做事麻利 我觉得她像是我墨尔本的一个妈妈 她经常说 小马亮真厉害 把自己照顾得这么好

有一次我中午喝醉了 从床上摔下来正好坐到了地上的酒杯上 碎片扎到屁股里 流血了 阿姨来我家打扫的时候我和她说了受伤的经过 她问我 有没有好好处理伤口 我说贴了个创可贴 她说这可不行 不能止血 她说你信阿姨的 烧点纸把那个纸灰涂上去可以止血

你把裤子脱了 阿姨帮你涂 我说感觉很脏弄得到处都是 再说让你帮我涂我不好意思 她说 阿姨都这把年纪了 你有什么不好意思的

还有 有的时候我感冒 她会用带须子的小葱 姜片和红糖煮水给我喝 说是可以把体内的寒气逼出去 还真的挺管用

我长麦粒肿 阿姨说用红线系在中指上 果然没过多久 也好了 反正平阿姨妙招挺多的 不过她对我也很严格 管着我要按时吃饭 不要乱花钱这些 有的时候我会和我朋友说 我和平阿姨走得太近了 很多时候不好意思让她做事 往往她来之前 我都先打扫一下 如果以后请阿姨 一定注意要保持一些距离比较好

不过 话虽这么说 每次旅行回到墨尔本 看到干干净净的家 和平阿姨留在桌上的字条都觉得特别亲切 平阿姨会说 帅哥 欢迎你回家

我去伦敦之前 阿姨最后一次来打扫 打扫后 我请她去很好的餐厅吃饭 我说 平阿姨 我请你吃个好的 我们去吃西餐 阿姨说 我不喜欢吃西餐 你就请我吃个实实惠惠的中国炒菜就行 但我执意要带她去吃个西餐 那家西餐厅 只有套餐 我们还点了酒 阿姨喝了几杯以后有了点醉意 她说 还是你懂吃的 我之前吃的那些西餐都不好吃 今天这个特别棒 又说 来阿姨敬你一杯 特别开心能遇到你 给阿姨带了个好头 从认识你以后 阿姨工作越来越顺利 也有了信心

平阿姨说 我之前在国内的时候 在一个国企做部门主任 你姐姐来墨尔本以后 结婚生了小孩 我和你叔叔 就搬来墨尔本了 我们年纪也没有很大 来了以后还是想做点什么事 所以叔叔就去做了按摩师 我就开始帮人打扫 带孩子 但是去第一家工作的时候 那个女的对我特别没礼貌 给的时间很少 却要做很多事 而且指指点点的 我第二次去她家工作的时候 一边哭一边唱着红歌往她家走 后来就决定再也不给别人带小孩了 那家做了几次之后 就没做了 然后就接到了你的电话 一做做了两三年 她说 小马亮 你以后如果在墨尔本有了孩子 阿姨可以帮你 我不帮别人看孩子 但可以帮你看

后来我从伦敦回墨尔本以后 平阿姨又给我做了一阵子 那时候我买第二套公寓 国内的钱不太好出来 首付的钱差一些 在等汇款的时候 平阿姨还跟我说 你不要着急 你如果不够阿姨可以借你十几万

我说阿姨 不用的 但谢谢你 你真的太够意思了

后来平阿姨 在离我们家比较远的地方买了房子 我也回到上海住了 但我们还是经常联系 我每次回墨尔本 也都会约她见面

我在伦敦的时候 住的一个一室一厅的小公寓 是东区一座很老的 四层的楼 刚去诺丁山住的时候 那里的房东有个打扫的阿姨 后来我受不了我那个室友 总是开party 抽大麻 想搬出来 问那个阿姨能不能帮我打扫 她说东区太远了 不过我可以介绍一个朋友给你

于是Rose就成为我在伦敦 将近一年的打扫阿姨 她说她是保加

利亚（Bulgaria）人 因为说英语 我一直没对上号 心里想着 宝格丽（Bvlgari）觉得她来自一个很有钱的地方 Rose 四十多岁 很胖 她每次上四楼以后 都气喘吁吁 让我觉得很为难她 都会先倒一杯水给她

她工作很认真 清洁得很好 感觉不费什么力气 就能做得很好 不过她很喜欢说话 经常一边打扫一边和我聊天 有的时候 我挺喜欢和她聊天的 有的时候我在忙 她和我说话的时候 我就一直 点头 然后说 嗯 嗯

我在上海住的时候的陈阿姨是在黛妮家认识的 我在她家借住的时候 觉得阿姨打扫得不错 我有了自己的公寓的时候 就也请她帮我做了

陈阿姨话不多 但我觉得她很聪明 很多事情自己心里有数 我和那谁的衣服 也不用和她解释 她就能分清是谁的 基本不会放错 有一次 她工作的时候 不小心把家里一个花瓶打碎了 是那谁送我的生日礼物 阿姨和那谁说 从她的工资里扣 那谁问我怎么办 我说 当然不能扣工资啊 那太缺德了 我说等下次阿姨来打扫的时候 把家里贵重的东西和她说一遍 让她以后注意就好

搬回来墨尔本 我新公寓离平阿姨家太远了 于是打算找个新的阿姨 有一次我在墨尔本叫车 司机是个中国男的 聊天的时候 我忽然脑子一转 问他 你知不知道 墨尔本这边 有没有可以打扫的阿姨 我们家一室一厅 差不多一周一次就好 然后司机说 我妹妹就行啊 四十多岁 特别利索 不过她耳朵不好 要戴助听器才能讲话 你要是

不介意 我就把她微信给你 你们自己聊

于是我就加了她的微信 看到她说自己姓金 我本来想立刻回复太好了 我五行缺金 不过忍住了

我和金阿姨没有像和平阿姨那样一拍即合 我觉得她来我家有点拘束 而且她工作的时候 我和她说话 如果她不看着我的口型 基本听不到 有一次我下楼扔垃圾 忘记带钥匙被锁在门外 按了好久门铃她都没有听到 还是等邻居出来的时候才进去

不过时间久了 我们的关系也好了起来 她很有好奇心 我用新买的机器做饭 她会凑过来看看 我买了新的卡通的灯 她会发消息问我地上那个鸟是做什么的 真可爱

平时衣服都是我自己洗的 阿姨每周来的时候 就换被单床罩洗这些床上用品 但有一次 我有几件爱马仕的白衬衣在衣篓里 阿姨看到领口有点黄 就拿出来手洗了 洗着还是不干净 就用了洗厕所的漂白液 结果领口变成了蓝色

她拿着衣服过来给我看 我说 阿姨这个衬衣不能用漂白液洗的 她说她女儿的校服 不干净的话 用漂白液一洗就行了 不知道为什么这个成了蓝色

我说这件衣服爱马仕的 领口那个黄色是平时涂防晒霜蹭上去的 很难洗掉 这种面料不能用漂白液的 阿姨有点懊恼 问这件衣服是不是很贵 我说挺贵的好几百 她说这怎么办 真的是太不好意思了 我说没事 放冷水里泡一泡说不定等一会儿会好 也是我自己没

说清楚 你就洗床单被罩就行 其余的我自己来

走的时候她说要把钱转给我 我说真的不用 我自己洗一洗应该能洗回来 结果过了一个小时 天都黑了 有人按门铃 我打开门 一看是她 原来她去了超市买了洗涤剂 又回来我家 想要尝试把那衣服洗回来 这么晚了 还让她回来一次 我很过意不去 我就说 阿姨 你真的不用这么客气 就是一件衣服 看还麻烦你又回来一趟 她说 是我不好意思 把你衣服洗坏了 我一看 她买的那个洗涤剂 又是另外一个牌子的漂白剂 心想那衣服已经这样了 破罐子破摔 金阿姨想怎么洗就怎么洗吧 当时看没什么效果 阿姨走了以后 我又泡了一个晚上 第二天 蓝色竟然没有了

我发短信告诉她 她特别开心说 太好了 下次她来我家的时候带了她包的月饼 说 我自己包的 拿给你尝尝 我一边吃一边说 谢谢你阿姨 真的太幸福了

她说 你这么年轻 就这么善良 不容易 我说阿姨我也不年轻了我都快四十了 她说看着不像 我乐得又吃了块月饼

这就是我和我们家打扫的阿姨们的一些故事 我有一些朋友 他们和我说 阿姨她们来打扫的时候 他们都会出门 因为在家里待着会觉得不自在 我没有这种感觉 阿姨来打扫的时候 有的时候我会和她们一起做 比如高的地方 她们擦不到的地方 或者 洗自己的衣服 整理东西 有的时候写东西 有的时候正好有朋友在家里看电影

我们也会继续 我不会觉得这不礼貌 或者 高人一等 我觉得这只是她们的工作罢了 我也有我的工作

我觉得我很幸运 遇到的阿姨都很负责 而且 对我都特别好 我也很喜欢她们

[2021年8月1号 右腿偶尔会痛]

那谁来了以后 修了厨房的灯 把窗帘挂上了 音箱装墙上了 沙发床拼起来了 所有的柜子重新整理了 卧室灯连上了…… 没来之前我是怎么活的呢 记不清了

[2021年8月2号 天很冷 很多黄嘴小鸟在雨里]

你来这里一周了 我的生活质量明显提高 家里之前想挂的画框都挂好了 所有的窗帘都装上 沙发外套弄好 车库一直想做的架子也搭好了 我生日时候你送我B&O（丹麦视听品牌）的音箱架子我觉得麻烦一直放在柜子里 现在音箱也安在墙上了

之前装修的时候 觉得一室一厅储存空间不够 搬回澳洲以后正好隔壁在卖 我把隔壁也买下来 换电子锁的时候 把隔壁门也换了 结果那个锁没有装好 每次关门都要用 一只手拉住 一只手按键才能锁好 很麻烦 结果那个锁也被你修好了

我和你说 你没来之前我都是怎么过的呢 你笑 说 你不是过得挺好的吗

我说 没有 我觉得我以前都在 苟且偷生

你来的第一周 墨尔本还在封城 但那是我最快乐的一周 两个人一起吃饭 每次你都把餐桌弄得很美 这个认识你以后 我也有学到 有朋友来吃饭的时候 我都会拿出相应的平盘 摆在桌上 放上刀叉筷子 下面压着宜家的方形纸餐巾 餐具前 放上水杯和酒杯 准备好烛台 这样一来 晚餐还没开始 架势就已经有了

白天可以出门运动两小时 离开家不能超过两公里 我们围着墨尔本市中心骑自行车 临出门前 你说要戴上手套和围巾 我说没有那么冷 你说 骑车时候就冷了 结果骑了一阵子 心想 还好戴了手套还是很冷的

晚上一起睡觉 暖暖的 早上 我起来的时候 你已经起来工作一阵了 做好了早饭 泡好了茶

奥运会开幕式 墨尔本时间 晚上七点半开始直播 我们打算叫外卖来看 我打算叫希腊菜 因为应景 结果点的时候发现 附近唯一一家希腊菜 关门了 只好点了pizza 和啤酒

两个人守在电视前 觉得日本开幕式做得挺不尽如人意的 不过说来这个国家也很倒霉 好不容易举行奥运会 想说可以重振一下日本的气势 结果遇到了病毒肆虐 一年半也不见好转 撑了一年 好歹

奥运会还是办了 但想必投入的很多钱也不能收回 当地也有很多反对奥运的声音 不能像中国北京奥运那样 全国上下 一鼓作气

我心想 日本的设计和动画那么发达 如果现在这样的情况 演练不方便 为什么不结合更多视频短片呢 反正大家也都是在家看直播

运动员出场了 看到他们都戴了口罩我有点失望 本来以为能看到全世界 最美最强健的人走圈呢 结果戴了口罩 什么都看不出来日本的出场顺序很奇怪 不明白按照什么排列的 中国队出来的时候我们都喊了出来 赶快拿手机出来拍照 拍视频

又过了好一阵子 芬兰队也没出来 你有点着急了 说怎么还不出来 还不出来 芬兰队出来的时候 你高兴得欢呼 可你发现才几个人的时候 又抱怨说 怎么人这么少 你说 你和 芬兰那个扛旗手约会过 他是游泳健将 但后来他要再见面的时候 你拒绝了 因为他太有名了 我心想 芬兰到底是有多小啊 又想 这么优秀的男生你都放过真是奇怪的人 我对你说 等你回去芬兰了 可以联系他 你们可以做好朋友 他可以教你游泳啊

你对我的主意并没有什么兴趣

我们一直把 开幕式全部看完才睡觉 总的来说 没有达到我的期望 不过那个超级变变变还是挺精彩的 点燃奥运火炬的那一刻还是挺激动的

觉得 这个世界上 有战争 有病毒 面临全球变暖 大家都忙到没有时间做饭 没有时间看一本书 但就在这样的世界里 我们同时又向往着 更快 更强 超越自身 不断进取 同时又团结互助 想到这里又觉得 人类充满希望

[2021年8月5号 第一天中国就拿到一枚金牌]

Jess 来我们家吃饭 我准备做鸭子 买新鲜鸭肉的网站上 推荐了一个鸭腿的食谱 我把食谱发给你说 你来做吧 我来帮厨 因为看食谱做菜你比较擅长 如果是凭空做的话 一定是我做的更好吃 但 跟着菜谱做 每次你都完胜

我觉得我看菜谱有障碍 总想挑战 和更改一下 结果出来的成果 大部分都没有想象中好

你就不一样了 好的菜谱基本上百发百中 被我认可的菜谱 教给你做 每次都很成功 但你有个问题 就是 没有办法把菜谱变成自己的东西来运用 比如 一个澳大利亚厨师写的鸡肉炒面的食谱 你做的比我做的好吃 但那个菜我看了一遍就知道怎么做了 你做了五六次了 但每次要做的时候 还是要去翻食谱

鸭肉特别好吃 饭后我们在沙发上看比赛 Jess 问我 澳大利亚和中国比赛的话 你希望谁赢 我想了想说 谁赢我都开心 Jess点头没说话 过一会儿 开始转播游泳 同时有 中国和 澳洲选手 枪声一响 大

家游起来的时候 我发现我关注的还是中国 于是我和Jess说 我可能还是更希望中国赢

她笑 说 嗯 我也是

[2021年8月7号 浴盆真的很重要]

没有几天 你就要回去赫尔辛基了 我们又要分开半年 早上醒来 你已经在客厅里工作了 我躺在床上看天 心里想 这样快乐而又平实的日子很快就要结束了 心里有点难过

我起来以后 你说我们出去买个咖啡 去公园走走 我说好 我们拿着咖啡在公园长椅坐下 聊了很久 包括之后的规划 要在哪里生活 什么时候要小孩这些 你提议 2022年我们搬回去上海 你说那时候你绿卡也更新了 如果考虑工作或者带小孩的话 都是在中国对我们俩更有利

我们约定 明年二月中国年的时候 如果不需要隔离的话 你来墨尔本再待一个月 然后我们一起搬回去上海 找个房子 在上海至少再住个两三年

你走的那天 墨尔本又开始封城 从晚上八点钟开始 你说你就不要送我了 我说没事 我们八点前离开家 又要半年见不到 我还是想送送你

给你爸爸妈妈 还有妹妹准备了礼物 爸爸妈妈各送了一瓶澳洲很好的葡萄酒 因为芬兰还是夏末 我在卡片上写 Here is some Australia sunshine for you to enjoy（这里有一些澳大利亚的阳光分享给你） 送给妹妹一瓶 SK-II 精华 上面写 Some sake for the good sakes（看在上帝的分上）

你把礼物打包好 我们俩都很安静 去机场的路上 我们坐在后座 我握住了你的手 你紧紧地回握 车开着开着 我发现你 探头去看司机 我问怎么了 你用蹩脚的中文说 司机可能睡了 吓了我一跳 发现车真的在左右移 于是 我大声地 问师傅你今天什么时候开始工作的 他回过神来 说四点 我心想 工作了四个多小时 还好 他说 早上四点 当时我真的很害怕 也没心情和你腻歪了 不好意思问师傅他是不是要睡着了 只好大声地和他聊天 好歹 我们安全到了机场

整个机场非常冷清 出去的航班只有三架 你看着有点紧张 我说别担心 一定可以飞的 你办登机的时候 我问柜台的人 还有没有商务舱位子 心想如果两千澳币以下 我就帮你升舱 你说不用了 一定很贵 反正飞的人也不是很多 上了飞机你争取找一个第一排的位子 晚上还是可以躺下来睡的 我还是执意让工作人员查一下 结果他打完电话后和我们说 三千六 我说好 你还是坐经济舱吧 你笑

你飞卡塔尔航班 我们在大厅道别 两个人都想要说些啥 正在这时候一个爸爸把 两个 五六岁样子的小孩送走了 交给空姐 自己在我们身边和小孩招手 小孩也很懂事 和他招手 也没有哭 弄得我

们俩也不好意思在这里扭捏 伤感了 我们抱在一起 你说你飞之前给我发消息 你抱得很紧 我拍了拍你的背 说 进去吧 半年很快的没多久我们就能见面了 你不断地回头和我招手 直到你从我视线里消失之后 我才离开

偌大的机场只有我一个人在等车 有一种心在悬浮的感觉 之前的两周都好像梦一样 我又开始了 一个人的 封城生活

[2021年8月10号 黄色和紫色很配]

谈好的恋爱 眼睛会亮 闪闪发光

读好的书"视力"变好 看东西更透彻

最近看的是《生命中不能承受之轻》 初中时因为喜欢名字就买来 看了第一章看不进去 前阵子被朋友提起 又捡起来重新阅读我发现这本书还挺容易读的 除了第一章谈了很多形而上学的东西后面的部分只是一直在抛出问题 发问的方式 自然而然 没有歇斯底里 有很多也是我自己的困惑 最近反复阅读 我有了新的感悟和共鸣

里面我很喜欢的一段话是 "人永远都无法知道自己该要什么，因为人只能活一次，既不能拿它跟前世相比，也不能在来生加以修正。没有任何方法可以检验哪种抉择是好的，因为不存在任何比较。一切都是马上经历，仅此一次，不能准备。”

我觉得这段话很符合我的世界观 没有绝对的对错 很多事都不过如此 不用追求最棒的状态 与其孤注一掷 我更喜欢游刃有余的状态

去年在Fiu Gallery办的“陪安东尼度过漫长岁月”展览 筹备许久 因为疫情一再延期 经历墨尔本封城 我再飞上海 仔细想想最近两年我也更珍惜当下 还是做了好些自己喜欢的事 办展览 装修出版《方长》 经历生活的磨砺 面对生命无常 环抱勇气 游刃有余是我喜欢的样子

[2021年9月1号 有地暖太幸福了]

晚安 地球人 / 你问我 为什么 *a journey, through time, with anthony* 《陪安东尼度过漫长岁月》这本书名都是小写 我说 因为这本书都是些 鸡毛蒜皮的小事 小情绪 小人生 没有什么需要大写和标榜的 没有什么需要 永垂不朽

[2021年9月6号 后悔换电脑]

在脸书市场卖了个唐老鸭钱包 全新的 原价六百四 我卖三百八 挂上去就忘记这件事 昨天半夜收拾家 到两点多 兴奋得睡不着 想到脸书 上去看了下 有四个人要买 今天卖出去了 刚刚交货

我觉得那个人特别好 很老实的样子 上楼时 手里拿着一沓子钱 都是十元 二十元的 心里很难受 于是又跑回去 想和他说 你别买了 我觉得不值 或者 退给他一点钱 …… 车已经开走了 / 后来给其他留言的人回消息说 卖出去了 你们也别买这么贵的钱包了 ……可能是我太闲了

[2021年9月12号 可能长相不对]

决定戴一天珍珠 自我感觉 看着很美

晚上去朋友家吃饭 想了想 把它拿下来了……包

[2021年10月5号 糊了]

柠檬 青柠 胡萝卜 芹菜 洋葱 葱头 香菜 冻薯条 水果

[2021年10月12号 还是放弃了]

趁还是穿长衣长裤的季节 应该多玩玩滑板 否则夏天来了 估计遍体鳞伤 / 主要还是害怕 和 慌张

[2021年10月12号]

右眼眼睑下 有一颗脂肪粒 在那里快一年了 以为永远摆脱不

掉了 结果今天掉了 / 真的是 什么都会过去 / 祝大家晚安 想减肥的人要早睡

[2021年10月20号 情绪起伏]

封城期间 收到好多饺子 包子 馄饨 韭菜盒 …… 这种包馅的面食 真的是华人之间的友情货币 谢谢朋友们 我们终于解封啦 / 朋友说村上春树 每次出新书 都换出版社 为了让不同出版公司都赚到钱 …… 我说我认识一些作家也经常换出版社 为了谈到更好的合同 不过也都无可厚非 / 如果可能 我不想换出版社的 喜欢我的设计师 和责编

[2021年10月21号 午睡三十分钟]

有些灯塔 指引回家 但有些灯塔警告 不要靠近 不要看到就往上凑

[2021年10月25号 宜家肉丸]

给你写信 刚下笔 写了亲爱的 还有你的名字 就感觉自己好像变成一条小狗 躺在泥地上 有人挠我肚皮

[2021年10月28号 野餐垫]

昨天和 师傅 Chan 还有River Jess 出来野餐 / 都没怎么和Chan聊天 晚上回家 他发消息说 会不会觉得孩子很搅局啊 都没机会说话 我回复 你的意识都围绕在孩子上 下次好好聊天 估计要十八年后 …… 后来觉得自己这样说 有点不礼貌 可能有点嫉妒他的小孩吧 把我朋友抢走了 / 和朋友见面 特别开心……但之前那些日子终究是 一去不返了

[2021年10月28号 胖了我也喜欢]

昨晚梦里 去五月天演唱会

我可能有几个月没关注他们的消息 听他们的歌了 忽然梦到也是很奇怪

梦里 我和阿信是好朋友 莫名其妙 我到了舞台上 他们几个坐在长椅上唱歌 我就坐在阿信旁边 抱着他的腰 把耳朵贴在他后背听他唱歌

间歇 我问他我这样是不是不好啊 他朝着我笑 说 没事的 还摸了我的头 我开心地贴更紧了

听了一整首歌才醒来 什么歌忘记了

但那个感觉真真切切 我都不敢立刻睡 怕把这个梦忘记了

反复在脑袋里过了好几遍才睡着 心想 没事还是要少看手机多睡觉啊 没准就能抱着偶像听演唱会呢

蓝：陪安东尼度过漫长岁月 VI

早起还在想这件事 Summer 早晨来我家接我 去鲜花市场 插花课又开始了 车上 我问她 能不能听五月天的歌 我没好意思 和她说我的梦 只是从 South Yarra（南雅拉） 一直笑到Footscary（富茨克雷）想说 晚上发个微信 和大家分享

昨天和那谁聊天 那谁说 我前几天看公众号 发现你上次更新是夏天了 你这样不行 我建议你每周都更新 和读者保持联系 我心想 这老外心思真多 / 但我觉得是对的 以后要注意

祝大家晚安 今晚也能有好梦

[2021年11月1号 快雪时晴]

亲爱的小炫：

我给你写信的时候 才发现 你名字真好 木 土 火 感觉相辅相生 一个好的循环

我答应给你写信到现在应该差不多有两个月了 在你的夏天里答应要给你写的信 估计 要在我的夏天 你才会收到了

墨尔本现在开始暖和起来 去鲜花市场买花的时候 植物已经有了很大的变化 上周买了一束开得很茂盛的丁香回家 把枝干剪碎放到花瓶里 本身已经有点不精神的花 一晚上又开得郁郁葱葱 好像已经原谅了 自己被从树枝上剪下来 喝很多的水 每次早上起来

检查 水都下去一截 不过这个丁香没什么味道 不像国内春天时候的丁香 有种浓郁而又干净的香气

我最近有些低落 昨天六点钟就上床了 不知道什么时候睡着今天七点半才起来 刚刚把被单床罩都洗了 觉得自己在床上待的时间太久 想洗干净那种昏昏沉沉的感觉 我给你写信的这个当下 洗碗机在运作 洗衣机在发声 烘干机在旋转 感觉今天的效率很高

今天的天气很好 没有什么风 我写东西所在的厨房 四面都是窗户 外面长满了高高的梧桐树 树影投在电脑屏幕上 有一点晃眼不知道 你是否会拿着这封信在你们家客厅里读 你窗外的银杏树估计快要变色了 金黄色的树 还有认真读信的你 想象起来 是一个很美好的情景

我不清楚你在北京怎么样 每天都做什么 感觉你健身很自律让我觉得很钦佩 你在北京的朋友多吗 经常和Echo 陈晨他们见面吗 是不是还是经常写作 我一直觉得你会写出来一些很有趣的东西会被拍成很不一样的电视 或者电影

我给你写这封信的时候 想到我们一起去鼓楼玩时的样子 感觉你对每个店 巷子都了解 很多厉害的人都认识和喜欢你 站在你身边 看你悠然自得的样子 我也觉得很开心 我记得我们在你朋友家的餐厅吃了 咖喱饭 我还在一个小店买了件 麻布的上衣 遇到了宾

妮 还在街上合了影 我留下的那张宝丽来好像是蓝色边的

那天我们聊天 你发了一个你笔筒的照片 是一个星巴克的杯子 你说 我发现我现在用的笔筒是十一年前我们一起喝的星巴克的杯子 被我收起来了 我当时觉得很温暖

不知道你现在恋爱谈得怎么样 上次你分手 我们讲电话时候你号啕大哭的样子 让我觉得很心疼又羡慕

我觉得我已经没有那种力量因为爱 而号啕大哭一场了 说是羡慕 我觉得我现在这种状态也不错 毕竟那样撕心裂肺地哭也是需要很多精力和体力的 感觉自己已经没有那么多能量了 只能谈相敬如宾而又温润的恋爱了

前几天我和一个看星盘的朋友 谈论自己 我说 我觉得这几年我自己有一些变化 她说 说给我听 我说 感觉最近这几年的自己 好像是 暖水瓶里 放了一天的热水 二十到三十那段年纪 感觉自己像电热水壶里的水 随时都能加热烧开 也不需要保温 即用即得 泡茶吃面 化一块冰糖 冲一杯咖啡 游刃有余 现在呢 好像是 暖瓶里的水 温温的 不凉 却也不烫嘴 可以直接喝 但不能用来做什么 她说能直接解渴也很不错 我想想也是 反正这就是现在的一种状态 也不急着改变

我买了明年三月回上海的机票 到时候来北京找你过个周末好了 去你家做客 去小巷和四合院走走 感觉一定会很开心

希望你都好 这个秋天是 明亮的

安东尼 上
初夏 于墨尔本

[2021年11月3号 喜欢竖琴]

今天 心情特别好 开心得想要跳一跳 / 希望是什么星月的角度影响 / 这样你也会好 / 大家好 才是真的好

[2021年12月 专栏]

墨尔本的封城终于结束了 政府不再追求清零 在墨尔本疫苗接种率过了百分之八十以后 大家就可以自由地出门 逛商场 去饭店了

明明才十一月初 街道上已经开始挂彩旗 布置橱窗 为圣诞做准备了 那天路过州立图书馆 门口的圣诞树都已经立在那里 就这样又一年圣诞节要来了

蓝：陪安东尼度过漫长岁月 VI

刚来墨尔本那几年 圣诞节可以算是我最不喜欢的节日之一 因为每年年底都是墨尔本最热的几天 很不舒服 加上圣诞节 什么地方都关门 街上也没了人气 只有柏油马路被太阳长期照射过 表面留下曲曲幽幽的幻景 我一个人只穿着大短裤 待在没有空调的出租房里 听着邻居们聚会的声音 就有种 真切的 独在异乡为异客的感觉

后来慢慢朋友多了 经常有当地的朋友邀请我去他们家过圣诞 但我总觉得给别人添麻烦 再说 圣诞节 应该是家庭聚会的感觉 怕我去了 大家还要照顾我 和我聊天 而我本身也不是一个很会社交的人 一对一的交流还能驾驭 如果是一房间的人 就很想躲去厕所不要出来 所以大部分我都会谢绝 只是在圣诞前后 和朋友相约吃个饭

有了自己的公寓以后 开始每年在我们家 组织圣诞聚餐 来的都是我非常要好的中国朋友 我们在这里不能像当地人一样和家人团聚 所以组成了自己的小家

通常 圣诞前一周我就要开始想做什么 Jess的老板子音 连续几年都会送一个大的有机火腿给我们 前一天 我会把火腿从冰箱拿出来 用刀在上面刻出差不多两厘米宽的方格 然后用红酒 樱桃干 醋大料把火腿泡一个晚上 这样出来又入味 颜色也喜庆 我不喜欢火腿那种硬硬 咸咸 还有腌渍过的味道 那个红酒特调可以改变这些

口味 肉会变得软 又有滋味 然后把火腿还有新鲜去籽的樱桃一起放烤箱里烤 每过半小时 打开烤箱 涂一层 用蜂蜜 五香粉 红糖混合的酱汁 这样反复操作 火腿外面会变得非常酥脆 朋友们陆陆续续地到来 他们会带酒和饮料 在家里准备的菜 和蛋糕 因为人很多通常我们的聚餐都是自助餐形式的 所有的食物都摆在长桌上 大家自己去取 一边取一边评价哪一道菜好吃

我也会很用心地布置我们家的长桌 有一年是水果主题的 把各种各样应季的水果 干果闲散地摆在桌子上 加上植物和蜡烛 营造出一种 盛宴的感觉 有一年我把各种松柏 尤加利的叶子编织到一起 放到餐桌上 所有的食物都放在两边 看起来很正式 也有夏天过圣诞的感觉 从英国回澳洲后 又继续在我家组织圣诞聚餐 那次布置的主题是我们家的水晶吊灯 我在五金店买了两根长长的木棍架在水晶灯上 又买了铁丝网做了构架 在上面做了很奔放的花艺

直到我离开墨尔本搬回上海 我和朋友们的圣诞聚餐就停止了 快到圣诞的时候 Jess给我发消息说 老板娘又给了她一个火腿 问我要那个火腿的食谱 我把食谱写给她 说 今年就交给你了 第二天 她拍了烤得很漂亮的火腿 发消息给我说 我接过了你的接力棒 我笑

不过即使这样 我们的圣诞聚餐也没有让我喜欢上圣诞节 对我来说我们的圣诞聚餐 只是圣诞时候的聚餐 而不是为了庆祝圣诞节 这个节日本身对我来说 没有什么意义 我只是很开心能见到朋友

大家一起喝酒聊天 玩游戏的感觉

直到我遇到你 圣诞节才开始真正意义上走进我的心里

我和你认识后第一个圣诞 你是回芬兰和家里人过的 而我回去墨尔本 和墨尔本朋友过 圣诞以后 差不多新年之前 你从芬兰飞来墨尔本 进到我家 两个人还没怎么聊天 你就拿着口袋进去鼓弄了好久 出来的时候 穿了一件红衣服 用卫生纸撕碎做成了胡须 拎着个口袋 从楼梯走下来 我当时震惊了 不知道如何反应 只是站在那里尴尬地笑 你一边从口袋里拿礼物 一边说 你去年很乖 所以我从遥远的北欧带了礼物给你

有学芬兰语的字典 玻璃做的艺术品 还有糖果 和一本食谱 收下这些礼物 我狠狠地抱着你 掉了几滴眼泪 你可能觉得我是感动才哭出来 我觉得我可能是因为不知如何收场 才哭的 为了回礼 你在墨尔本的这些日子里 我带你去了几个很贵的餐厅 你飞回中国的时候我还帮你升级成商务舱

之后的一年 我们搬去了新家 两个人决定圣诞在上海过 圣诞之前 你拿出来一张A3的纸 开始和我一起罗列要请来的朋友 要做的菜 买什么样的花 我们还组建了圣诞聚会小组 提醒每个人来的时候都带个小礼物 可以放到树下交换 规定每个礼物不要超过五百元

两个人去虹桥机场附近的鲜花市场买圣诞树 我觉得有花盆很麻烦 又贵又沉 想买那种直接砍下来 固定在十字架子上的圣诞树 你说这样圣诞树离开了水 过几天叶子会掉得到处都是 于是买了个快三米高 带花盆的圣诞树 两个人好不容易才搬回家里 你尽管是个老外 但比我更擅长用淘宝 总是能找到物美价廉的东西 在上面买了很多装饰灯 吊坠 有一天饭后 你把这些包裹都拿出来 两个人上上下下开始布置圣诞树

圣诞节前一天 你激动地跑去小房间包礼物 一边包一边开心地发出呵呵呵的笑声 我觉得可能是我上小学 过年时候在农村放鞭炮时候的那种快乐 我给你准备的礼物 本身就有个纸盒的 看不到里面是什么 我就把那个纸盒放到圣诞树下面了 结果你看到以后不但没有开心 反倒生起气来 可能觉得我没有像你这么重视吧 我说你看我这个礼物也是有包装的啊 你说没有包装纸就不算是一个礼物 我说我不太会做包装 你说你可以教我 于是我拿着我的礼物去了小房间 你一边演示 一边把我要给你的礼物包完了 我开心地笑着说好 我学会了

你要求整齐划一 两个人又去宜家买了很多便宜的酒杯 水杯 在淘宝上找了定制手环的人 把我们朋友的名字发过去 做了两套印有朋友名字的手环 把它们套在杯子上 这样大家不会拿错 彼此不认识的朋友 也方便记住大家的姓名

圣诞那天 我负责插花做饭 你负责招待朋友 特别热闹 这也是我们在上海组建起来的亲朋好友的小家庭 大家吃饱喝足以后 你又穿着 圣诞老人的装备 从洗衣房出来 拿着装着大家名字的 绒布包 让朋友们依次抽名字 去树底下拿一个礼物

我站在朋友之间 看着认真扮成圣诞老人的你 和 开怀大笑 又真心很期待 认真挑选礼物的朋友们 这时候感觉 自己多多少少开始喜欢圣诞了

有的时候我会想 也许世界上真的有圣诞老人也说不定 他发现有我这么一个不喜欢圣诞节的人 于是从圣诞老人的老家 芬兰 派过来 你 教会我圣诞节的快乐吧

[2021年11月13号 不求十全十美]

和那鬼一家一起回到 上大学时候住的地方 / 房子还是同样的房子 菜馆还是同样的菜馆 / 又油又咸 但特别下饭/ 回来的路上 得知一个好消息 / 插花课 今年 最后一个系列 会做新的尝试 感觉自己的风格也一直在变 换了教室 很喜欢 中午还有员工餐

[2021年11月15号 抱着你的时候 就觉得什么都会好起来]

手写了一套日历 松帮我做的设计 好久没有动笔写这么多字了 / 两周内完成

[2021年11月17号 漫长岁月]

写东西这件事做了差不多有十六年了 从来也不觉得是一个工作 但仔细想想 现在生活中的这些 基本上都是它带来的 常常觉得莫名其妙 也觉得幸运

一直觉得写东西这件事 是一定会继续下去的 至于 图书编辑校对 装帧 出版 版税这些事 自己知道的并不多 从开始写东西就遇到了很好的平台 伙伴和同事 感觉什么事都顺风顺水的 有老板帮助掌舵 同事做的设计都很经典 我的编辑给的意见很中肯 我不需要做什么决定 稿子一交两三个月就能出版 也不愁卖 自己也不是个好高骛远的人 基本上有别的出版社找来 也都说现在合作得很愉快 就谢绝了

不过慢慢地 随着 新媒体的兴起 《最小说》停刊 公司经营的重点放到了影视上 这些大大小小的因素 可以明显感到出版一本书变得不容易了 不过《绿》的销售我还是很满意 也不断地看到有读者留言 催出《青》 所以不觉得“陪”系列继续出版会是个问题

《青》 差不多九月完稿 交给了出版社 当时问有没有可能 年底出 对方说 不会那么快 可能最早 也要明年三月了 我说好 但对方迟迟没有给合同 询问负责人 说领导好像不是很有兴趣 可能出版量会减少到五分之一

蓝：陪安东尼度过漫长岁月 VI

我料到出版量会减少 但没想到会这么低 于是请负责人帮我争取下 同时 也找到 Zui的出版经理 帮我在其他的出版社询个价

一个月过去了 问过的公司 不是没兴趣 就是说这个项目太大不敢接 （也可能是个推辞） 再就是很有诚意 但首印也很低 然后之前的出版社也迟迟不做决定 这个时候我有点着急了 因为眼看年底了 再不签合约 明年三月也不能出版

我现在在A出版社的一个杂志写专栏 于是问我的编辑 她们的出版社是否有兴趣接“陪”系列 编辑很热心 帮我问了下 结果给的首印数很低 她说她有在争取 不过没什么效果 她和我说这些的时候 我觉得很不好意思 感觉给她添了麻烦 就说不要紧 我再想办法

这时候想到去年 曾经找过我的B出版社 当时他们给了一个很好的条件 但是我没有去 因为有传 我的之前的老板 和B这边有些不愉快 我觉得 我留在现在的出版社 稿费也不会比新的少多少 也不想惹麻烦 就谢绝了 B的邀请

其实我和Zui的合作2019年就到期了 因为Zui的新合同又很长 加上我还是想好好写作 而Zui的精力都放到影视上了 所以当时没有续约

但这次遇到这样的情况 我还是联系了老板 说明了情况 老板说 可能现在出版行业确实不好 我说B去年给了一个很好的条件 我没去 老板说如果他们给你那么高 你就去 不要紧的 我说我再想想 老板说 我也让我们这边的经理再帮你问一圈 争取帮你找个最好的 我说好 我自己也问问

从来没想过 出书会成为一个问题 这件事对我冲击挺大的 但我又不好意思和身边的朋友说

电话里和你讲了这件事 你听的时候 眼睛就红了 可能是心疼我吧

你说你不懂出版这些事 也不明白为什么一下子会有这么大转变 你告诉我不要担心 如果不能出版书了 我们就一起开一个花店 做点吃的 你相信一定也会不错 而且你现在也成为公司合伙人了 收入会越来越好的 再者 我们该有的都有了 并没有什么经济压力 不过你也说 觉得我应该更勤奋 多看书多写 同时和读者保持联系 多更新 和大家一起进步 我说谢谢你 你看得很明白 我开玩笑说 那接下来就靠你养了 你笑说那你得更听话才行 我笑

给我妈妈打电话 说了这件事 我妈说 儿子 妈真的很开心你不再出那么多书了 这是件好事 我问怎么说 她说 你每次出书一下子卖那么多 很多人都在看 我身边的亲戚朋友也都在看 现在整个网

络风气很不好 妈妈很怕你说错话 被人诬陷和攻击 你发一个微博出个新书 妈妈都提心吊胆 这下好了 出得少了 真的喜欢你的人能看到就够了 再说你也不要难过 你应该觉得自己很幸运 你们这批出书的浪潮 你算是从它的开始 一直到最后都赶上了 现在卖得少了就少卖 不要有落差感 哪怕出一本 妈妈就把它买了 妈妈永远都是你的读者 被我妈这么一说 我有点想哭 我说B出版社有找过来但去年被我谢绝了 我打算问问他们 我妈说 你老板对你有恩 即使他现在嘴上说不在意 心里还是会难过的 不过这件事你自己决定不管去哪里 都和老板好好沟通 不要辜负了之前的栽培 我说好

又等了一阵子我的出版社还是没有消息 于是我就很紧张地联系了B出版社 打电话过去 说《青》的出版出了点问题 请问你们现在还有兴趣签我吗 B这边的负责人没有耍一点花样 爽快地回复说有的 前几天开会还有聊到你 我们这边给的条件可能没有去年好因为疫情影响 整个行业都在下滑 但可以肯定给到你一个匹配的条件 我们很喜欢你 不会因为你又找回来而压价 我当时很感动 说条件如果没有之前那么好 我完全理解 也很感谢 在这个情况下 你还愿意接我 他说没事的 你也不要太在意两个公司之间的关系 现在大家也都长大成熟了 都不会在意这些的 我和团队讨论下 尽快给你答复 我再三感谢后挂了电话

第二天 B这边的领导问我要《青》的六千字 想试读一下 我发了过去

第三天 我和那鬼一家 去我们之前上大学的区 吃饭 顺便看看之前的校区 和房子 站在来墨尔本住过的第一个家的门外 看着这个房子 竟然觉得陌生 努力地辨认哪个窗户是自己之前的房间 脑子里浮现出 深夜里 自己蹲在从学校捡回来的椅子上 写东西的样子 我觉得我妈说得很对 真的最好的时间都被我赶上了 而且写作对我来说一直是一件快乐的事情 我已经很幸福了 拍了张照片 我们就准备回家了 回家路上 收到A杂志编辑的消息说 我们负责人知道你想签过来 找到我 他们愿意出之前B给你的那个条件签你 而且也准备把之前出过的四本 也都签下来再版 我当时特别开心 觉得难以置信 与此同时 也担心起来B这边 心想如果他们给的条件变成之前的一半 我可以正好借机签了A

结果 当天晚上B的经理给我打电话说 我们看了你新书的文字特别喜欢 而且也很重视你 新媒体的流量 觉得内容不错 也可以一起做得更好 所以给了一个比去年还高的价格 我说 哇 难以置信 非常感谢你们厚爱 我真的没想到会这样 经理笑说 我们会预付你一笔钱 作为《青》的定金 我说这个不用 太多了 就正常卖 结款就行 他说 你是我们谈这么多作者里第一个这么说的 我说先收钱了我有压力 不过 现在有另外一个出版社在询价 我考虑好了之后告诉你 经理说好的 我们很在乎和作家的长期合作 我们的渠道也是所有出版社里靠前的 那我们等你的消息

我不知道怎么抉择 就给我公关小茫打了个电话 小茫推荐了个

朋友帮我算了下 说

B公司更大 会更适合你以后发展
A也不错 以后可能人事上有些问题 但也不是大事 不影响合作

我想也许收入上A少一些 但我很喜欢现在的编辑 感觉合作会舒服很多 我就选A吧 小茫说那就按照你的想法去做好了

于是在我的编辑的帮助下 很快走完了流程 开始签合同了

经历了这一圈 我才明白出版一本书有多不容易 之前太轻松了不知道珍惜

给之前帮我做过设计的 做过编辑的 之前出版社对接的同事依次打了电话发了消息 感谢他们之前的帮助
告诉了老板我的决定 他说好的 等你回来 一起吃饭

非常认真地和B的经理 解释了这件事 告诉他我的决定 再三感谢 他们不但没有落井下石 还在我最需要帮助的时候给了我肯定他很酷 说没事 那就是缘分没到 不过你新书封面不要再乱来了 之前那几本设计更好 更经典 我笑说 对 我注意

整个事情就是这样 我觉得 要在这里和大家报告下

我在过《青》的 内容 做大量的删减 因为字数实在太多了

重新过这些文字

有的时候发现 写得很有趣 闪光的地方 觉得 出版社愿意接我这个决策真的是太对了 写得这么好

但更多的时候 是感慨于 自己有这么好的回忆 庆幸 可以有这样一本又一本的书 让我把他们保存下来

那就这样 春天见

[2021年11月18号 活着真的不容易 好在其实我们都比想象的坚强]

今天看了《逃亡》这个电影 太棒了 又直接又温柔 推荐

[2021年11月21号 30 25 21 19]

Adele 新专辑 有首歌叫 *I Drink Wine*（《我喝葡萄酒》）当时觉得特别眼熟 今天看我公众号ID（账号） 才反应过来 原来异曲同工 / 我觉得 她以年纪命名的专辑其实就是个“陪”系列 / “陪安” 系列还有三本 不知道那以后要怎么命名 / 每条留言都看过了 非常感谢 / 今天和师傅还有那鬼全家去吃火锅 祝大家周末愉快

蓝：陪安东尼度过漫长岁月 VI

[2021年11月24号 白色二手床单]

开始 热起来了 而且是有点潮湿的热 不懂为什么 一般来说墨尔本很干的 / 你那里天气如何

[2021年11月26号 当个农民 也不简单]

在B站看 肖仙人推荐的 《克拉克森超级农场》/ 感觉和弹幕的关系好像是谈恋爱 / 打开的话 就受不了一些很傻的留言 关上了光看片子 又有点寂寞 / 于是开了关 关了开

[2021年11月26号 春光]

墨尔本复映王家卫的一系列电影 昨天傍晚看了《花样年华》觉得好看 但不懂得为什么把它说得那么神 结果今天相同时间 下午六点半 像发作一样 不停地回想那些画面 萦绕那个配乐 后劲真大 / 要是我的话 会买两张船票

[2021年12月17号 树莓冰激凌]

感觉最近身边的人 恋爱运和性 都特别好 可能是什么星星 到了什么位置 北半球也这样吗 / 我和你吵架的时候 都会想你小时候的样子 然后就没有那么生气了

[2021年12月21号 毛茸茸]

那谁一月初飞墨尔本和我一起过中国年 我说还好你要来了 分开生活快一年 没有觉得特别辛苦 但最近有点吃不消 还好只有两周了 那谁说 我也觉得最近这阵子 和你分开两地 有点忍不住了 我说 这很正常 就像吃坏肚子 强忍着走几百步没问题 看到厕所那一刹那 最难把控 那谁笑 说 非常准确

[2021年12月21号 瀑布一样的紫藤]

我朋友说 养植物也是有鄙视链的 连薄荷都养不活的人 在鄙视链的最底端…… 于是那以后 我们家阳台的薄荷 得到了更多的爱

[2021年12月21号 绿光]

平时发短信 写微博 边写就边发了 不是很在意 有错字 看到留言改正过来就行了 但最近都会反复看一下 因为发现写错字 真的让人讨厌

[2021年12月23号 被你的泪水灼伤]

《青》出了的时候 也不能结婚 感觉写了很多空头支票 ……半夜你给我发消息 说我在做饭 在想你 感觉有很多爱 估计你睡了

想和你说晚安 / 我酒足饭饱在沙发上还没睡 回复说 我和小托提到你 我说 你是个九分的爱人 我六七分 你说 不管你多少分 我都爱你……

[2021年12月26号 腌肉放洋葱]

欧文一家来墨尔本 和师傅一家在那鬼家吃烧烤 那鬼指着院子里的 桌子问 眼熟吗 我一看 这不是我在澳洲第一年捡的桌子吗《陪一》就是在这上面写的 用了两三年 后来搬家的时候给那那了 没想到十五年后 还在发光发热 / 和大学同学在一起开心 多谢招待

[2021年12月26号 Uber打分不高]

玩游戏到半夜 离开的时候 师傅让郭一送我 我说太晚了我打车回去 师傅一家就先走了 深更半夜 剩下的四个人在路旁陪我等车 我说太冷了你们进去吧 大家都说没事 一起等 那那在学中医 他说 我们没事的时候可以 踮脚缩肛锻炼 对肾特别好 于是大家都在做 / 我说 邻居看到了会不会吓到 欧文说 等下Uber司机来了 看到我们直接就开走了 …… 我说大家停 别做了

[2021年12月28号 单曲循环]

风吹稻花香两岸

[2021年12月29号 埋头向前]

生活 没有捷径

[2021年12月29号 干净的指甲]

It Had to Be You（《后备甜心》）

[2021年12月 专栏]

封城期间 基本上什么都不能做 每天就是早上九点和Jess在Zoom（视频会议平台）上一起跟着悉尼一个瑜伽教室的老师做运动 有的时候Jess傍晚来我家打游戏 每个周五 皮特和小托来我家吃饭 或者我们去皮特家吃（严格来说 这个是不被允许的）

再就是空余的时间 我自己出去散步 骑车 每天可以出门一个小时 基本上没有什么其他活动了

所以十一月 封城结束的时候 我就觉得 一定要学点什么 补回来失去的时间 让2021年 更有意义一些

封城之前 我骑车路过South Yarra 的堤岸 早上八点左右的样子 有成群的 二十岁左右的男孩在河里划船（row） 船头有人坐在那里 喊口号 吹哨子 也有的船已经上岸 当时是春天 早上还是很冷的

那些男生就光着脚 穿着短裤和紧身上衣 四五个人一起把船往仓库里抬 每一位都像体育明星一样 矫健又美 当时我想 我也要这样 于是封城一结束 我就在网上找了划船的课程 报名了 一共八节课 每周一节 两个月上完 一节课差不多三百多

网站上有不同的时间可以选 有周六周日早上 周中一些天的下午或者傍晚 我选了周二晚上六点半的 因为夏天要到了 澳洲太阳特别毒 那个时间会比较舒服

差不多开课的前一周 收到学校的确认邮件 并让我上传疫苗接种护照 邮件里写 不论刮风下雨 除非遇到雷电天气 我们都会开课 还说 划船是团队项目 如果人不齐会影响别人的学习 建议大家保证出席率 并且 按时到 还说河上会比正常情况冷 让大家穿厚一点的衣服

周二我提前十分钟到了Yarra 河边 这时候发现 这次来学划船的学生都是女生 只有我一个男的 女生们已经聚在一起开始 彼此认识 聊天了 我一个人站在那里不好意思过去 手插在口袋里 东张西望 这时候老师过来了 开始点名 他喊Liang 的时候 我和另外一个女生都举手了 他说 对了 我们有两个人 叫类似的名字 Liam 和 Liang 还好你们不在一艘船上

我和其中三个女生被分到了一起 我们的教练是一个二十五岁

左右的小姑娘 年纪很小但说话很大声 有种乡下女孩的感觉 让人喜欢 但同时也觉得 她应该挺严厉的 如果犯了什么错误 她一定会不留情面地指正

第一节课我们就直接下水了 但我们的船上有一对平衡器 相对不容易翻船 老师带着我们 把船放到河里 教我们怎么固定船桨 如何坐进船里去 这时候我才发现 原来 rowing（划船）坐在船里的方向 不是前进的方向 只有 冲着我们坐的教练 是能看到前方的 我觉得这很酷 怪不得有一种说法 是 rowing 是最高级的团体运动 它属于真正的强者 我觉得生活中的勇士 往往也是这样 很多时候 并没有关注着远方 或者期待未来 而就是 埋着头 一步一个脚印 踏踏实实地做事 才获得成功的

两个白人模样的女生坐在前面两个位子 一个看起来是原住民混血的女生苏和我依次坐在后面 第一节课我们学习了 如何用船桨还有如何用核心力量保持船的平衡 如何握船桨 和基本的运动姿势

我们几个人里 划得最不像样的是苏 她划船的时候太用力 肩膀不够放松 经常划船的过程中把船桨从固定器里抽出来 看起来很慌张 划得没有节奏 像我们这种四人的划艇 后面的人都要跟着前一个人的 节奏走 所以坐在她后面的我划得比较吃力 很想拍拍她肩膀告诉她 不要紧张 拇指的力量往两边使 肩膀和胳膊要放松 但我不好意思和她说话

第二节课的时候 我们就可以去楼上更衣室换衣服了 因为就我一个男的 更衣室那个时间没有别人用 老师给了我密码 我就上楼了 男生更衣室还算干净 有一些运动外套挂在门上 地上有一些鞋子 我心想 这就是早上那些划船的运动健儿换衣服的地方 顿时觉得自己很丑 不知道为什么会有这种不健康的想法 可能因为身材不好 不够自信吧

后面几节课 大家进步都很快 我们的老师把平衡器也拿掉了 苏划得也慢慢好起来 因为天慢慢变热了 我开始穿着短袖 拖鞋 骑车去河边 也不用上楼换衣服了 老师说我们学得都很快 慢慢地开始尝试让我们四个人一起划 速度真的变得很快 不过有的时候 船左右摇摆还是挺吓人的 我倒不太担心掉到河里 主要是 这几天下大雨 感觉 水不是很干净

现在已经十二月了 我们划船岸边的联邦广场上 已经立起来高高的圣诞树 圣诞树的叶子是雪花形状拼贴的 广场上有 巨大的铃铛形状的秋千 圣诞的彩灯 而所有的人 却穿着短衣短裤 一个非常冲突的画面

经常在傍晚的时候划船 远处的天空变成玫红色 前面是层层叠叠明亮的 粉色和白色的云 坐在船里看这个城市 又有了新的视角 我们划着船 我在我的城市里潇洒地前行

这里不是我的家乡 但它已经成为我的城市 我发自内心地喜欢它 三月份就要回国了 回国之前 我想珍惜每一天 生活在这里的时光

[2022年1月2号 今年会好吗]

新的一年 就这样开始了/祝大家 一步一个脚印 往前走

[2022年1月3号 他的脸上 有从童年带来的红色]

和朋友们出来玩 一路上听 周杰伦 五月天 孙燕姿 想到 自习课 偷偷听歌的日子…… 不知道 大家现在听什么

[2022年1月4号 绿色的梧桐树]

冬天的树 现出了它的全身 落尽了所有的叶子 为了不受风的摇撼

[2022年1月5号 用了两年的手机壳]

冬天的时候 如果没有谈恋爱 请一定要吃得好 / 和我妈聊天 她说真后悔当时只生了你一个 现在跑去那么远妈妈抓也抓不到

她说 前几年小学课本上 一个家里有两个小孩 现在可能政府

觉得还不够 一家出现了三个小孩 妈说 我要是有三个小孩就好了

我很想见见 那个小学课本的样子

我记得 小学时候 课本里有一篇文章 形容大雁 它们成群从天空飞过 一会儿排成人字 一会儿排成一字 只有在童年的时候 看过大雁 之后好像就再也没有看过 前几天 看了一句诗 觉得非常美 “孤雁头上带霜来”

[2022年1月7号 2000年的时候我还觉得难以置信]

墨尔本的冬天 因为疫情 每天只能出门一小时 家里不能有访客 晚上九点以后不能出门 有一阵子很低落 我看到第五次封城消息的时候 在有地暖的洗手间里 靠着浴盆坐了快一小时 然后就打起精神 想要好好吃 好好锻炼

找到一个叫 樱桃树 的有机农场 于是开始每周从那里订一盒子东西

一整只走地鸡 把黄油和香料 盐混在一起 涂在鸡皮上 放到烤箱里 200摄氏度 十五分钟 等上了颜色 把温度调成 150 摄氏度 盖上盖子 烤四十五分钟

鸡肉特别鲜嫩多汁 可以在冰箱里放两三天 每次煮面 做炒饭都可以切一些下来 直接放进去 很方便

牛大骨头 农场送来的时候 已经从中间劈开了 烤箱220摄氏度

烤半小时后 把骨髓挖出来 可以当黄油蘸面包吃 炒菜的时候也可以加进去 很香

剩下的鸡架 和牛骨头 加上西芹 胡萝卜 黑胡椒可以熬汤 熬十二到二十四小时 如果你想让这个汤有更多的胶质 可以加一些鸡爪进去

这个汤熬好了以后 可以在冷藏放四天 冷冻能放更久 可以来煮面 炒菜 做汤 做肉酱 或者直接喝 这个汤很适合冬天 感觉温暖滋润到骨头里的感觉

[2022年1月10号 软软的小牛皮]

听有歌词的音乐 很难工作 / 不卑不亢 是我很喜欢的一个词

长篇大论为人处事的姿态 用四个字就说明白 “卑” 低 自卑 “亢” 高傲

[2022年1月11号 准备好了吗]

你每天早上 都要去游泳 / 即使最寒冷的冬天 也总有地方是炎热的 如果你想去那里 你就可以去那里

其实 护肤不需要用很贵的东西 多喝水就行 / 我所在的城市已经封城两百多天了 但还是觉得有很多事做 选一份好的菜单 去

市场买菜 做饭 和朋友一起吃 等朋友走后收拾厨房 /可以 出去走走 最近风很大 虽然是夏天 也没有很热 但好像植物都已经得到指令 用有限的力量拥抱阳光 快速生长

好像 有很多时间看书 却也没怎么看书

有很多时间 可以用来 照顾自己 锻炼 喝水 但做得也一般

感觉最擅长的就是坐在桌子前 看外面的天空 云没有怎么动 掉光叶子的树干 一直在铜绿色教堂的穹顶前 摇摆

[2022年1月18号 扫地机器人 很好用]

有的时候 我会想 一个人喜欢你 也许是喜欢和你在一起时候的 他们自己 想明白这件事 让我放松很多

因为反过来想 如果一个人不喜欢你 只是因为他不喜欢和你在一起时候的自己 这样一想 好像不管做什么 也无济于事 想明白这件事 就会放松很多

为什么只读不回

真的对我有兴趣吗

我这样做好吗

也许这些想法唯一的贡献就是 大脑运作时消耗了 卡路里吧

[2022年1月20号 意大利千层面]

小托和我说 我不喜欢在你家看电影 你家电视比现实生活中还要锐利 多彩 让我很难投入 于是 我们用最低质量的 输出 又看了一遍 *Call Me by Your Name*

[2022年1月21号 羡慕 能把围巾围得好看的人]

QQ音乐那么多歌单 好像都大同小异 最近工作的时候 经常听Jazz 感觉不分散精力 / 入冬了 我很喜欢吃栗子 不过栗子吃多了 不好消化 容易放屁

[2022年1月22号 上滑 下滑]

很喜欢骑自行车 但技术不怎么样 我有个秘密 几乎没人知道我骑自行车 只会往左拐 往右拐的时候 如果不是大弯的话 就得从自行车上跳下来

[2022年1月23号 兰州拉面]

整个一年都没怎么去 电影院 一个人在家看电影 这想法不错但真的操作起来就有点寂寞 一个人去电影院就不会

[2022年1月26号 去年稀里糊涂的 过得也很快]

看芬兰的电视剧 电影 我都要提前做心理建设 即使是动画片也感觉被乌云压过 却又有一种难以言喻的温暖

[2022年1月27号 荣宅真不错]

特别喜欢Prada（普拉达）买了件皮衣 在冬天的时候想 明年夏天我只需要几件质量好的白衬衣 几件Prada 外套 和 Andersen-Andersen（安德森-安德森）针织短袖就够了 一个小行李箱 就足够装一夏天的衣服

[2022年2月1号 Feel the love（坠入爱河）]

见人说人话 其实是很高的要求 我是做不到

[2022年2月6号 风扇制冷]

春天开始的时候 种了一些豌豆花在阳台 于是每天早上起来的第一件事就是去阳台看看 到了第四天没有任何发芽的迹象 有点担心 想是不是种子不好 或者水浇得不够 第五天的时候 还是没有发芽 于是忍不住 用手去挖 发现已经在土里开始发芽了 才放心下来 轻轻地 放回去 用土盖上 心里有一些羞愧 但到了 这个年纪 也很能接受这样的自己

[2022年2月15号 At the end（终于）]

情人节已经过了 但 每天都过

[2022年2月15号 开个花店]

天气很好的时候 我们租了辆车 开去墨尔本 猫宁屯最远处 徒步

在稀稀疏疏的 树林中穿行 两侧都是大海 脚底是沙地 我们就那样走着 走了很久 也没什么对话 我心里忽然出现了一个 结婚时候可以说的誓言 这个是我 想到的誓言的 第二个版本

我们经常旅行 每次想到我们旅行时候的样子 脑海里出现的画面都是你的背影 我跟在你的后面 每次旅行 只要和你在一起 我都不用做任何计划 总是能看到很好的风景 在天涯海角 没有网络的地方 你也总是知道要怎么走 不会迷路 我觉得很幸运也很期待 能和你在一起 度过剩下的人生 我愿意继续跟在你后面 把漫长岁月过成 悠长假期

其实 我也没有特别想结婚 只是莫名其妙 过一阵子就会想 婚礼上要说什么

《青》 还有一个月就要出版了 记录了我们相识 和交往的片段 我准备把它作为一份礼物送给你

也希望读到的人 喜欢 读的时候 觉得心里暖暖的

[2022年2月18号 十二门徒 越来越少]

和那谁来阿德莱德找欧文 路上住在小城镇 在监狱里 住了一晚

[2022年2月 专栏]

去年看《现代爱情》最喜欢的是 门卫那集 和老人的那集 新一季我最喜欢 关于古董车的

现代爱情 是 *The New York Times*（《纽约时报》）上的一个关于爱的专栏

那谁在芬兰的朋友是个作家 曾经有一篇文章 也上过那个专栏

我自己也会时不时地 听这个专栏的 广播

Mandy Len Catron 为“现代爱情”专栏写了一篇文章《如何快速与陌生人相爱》两个陌生人之间的亲密关系可以通过彼此询问一些特别的个人化问题而快速升温 这三十六个问题分为三组 一组比一组来得寻根究底

我和那谁玩过这套问题 经常有单身的朋友 在恋爱没有技巧的时候 我也会推荐他们 尝试一下这些问题 你不妨也和你喜欢的人试试 说不定有意想不到的收获

这里我列举一些问题 和自己的答案 给大家参考

第一组

★ 1.如果可以在世界上所有人中任意选择，你想邀请谁共进晚餐？

李敖 我觉得他是个有趣的人 又很有学问 而且他很自大 会一直说很多 我不需要特别努力 维持对话 绝对会是个很棒的晚餐

★ 2.你想成名吗？想以什么方式成名？

虽然也想得到大家的肯定 但成名本身不是很吸引我 我希望我做的事 我的作品被喜爱 肯定 赞美 那就够了 我不需要大家知道我是谁 或者 得到太多关注

★ 3.对你来说，“完美”的一天是怎样的？

早上计划的事情 晚上可以都完成

★ 4.你上次自己唱起歌来是在什么时候，给别人唱呢？

昨天早上 看英国爱乐乐团 演奏的 《我的祖国》 不由自主地就跟着唱 不知道为什么 最近唱这样的红歌 就会热泪盈眶 明明是父母那一代 喜欢的音乐

我唱歌不好听 除非喝醉 否则 不会唱歌给别人听

★ 5.如果你能活到九十岁，同时可以一直保持三十岁时的心智或身体，你会选择保持哪一种，心智还是身体？

必须是 身体啊

★ 6.如果你能改变被抚养成人过程中的一件事，会是哪一件？

想学芭蕾 或者 体操

★ 7.如果你明天一觉醒来就能拥有某种才能或能力，你希望那会是什么能力呢？

超能力的话 我希望可以帮别人治病 我挺害怕有超能力的 感

觉会非常大程度地改变自己的生活 比如会飞 会隐身 想去哪就能去哪 想一想就很累

如果能帮助别人 可以很大程度上 往好的方向改变别人的生活 对自己的改变比较少

但我也希望偷偷地帮助别人 不想让别人知道 否则会太忙 也很可能被黑帮威胁 治疗老大

第二组

★ 1.如果有一个水晶球可以告诉你关于自己、人生，未来乃至任何事情的真相，你会想知道吗？

我觉得 未来的妙处就是它的不可知性 虽然我也喜欢 星座 看塔罗牌 算命 但对我来说这些都是有趣的事 可以帮我做一些分析 但我打心里不觉得它们是真的 只是好玩罢了 很大程度上 我还是相信 事在人为的

★ 2.有没有什么事是你一直梦想去做，而没有去做的，为什么没有做呢？

非常想做的事 好像都做了

★ 3.你人生中最大的成就是什么？

一直按照自己想要的方式生活

★ 4.在一段友谊之中你最珍视的是什么？

发自内心的关心

★ 5.你最宝贵的记忆是什么？

小的时候 在农村长大的时光 我觉得它对我性格 和人生观 影

响很大

★ 6.你最糟糕的记忆是什么？

每次说 言不由衷的话的时候

★ 7. 假如你知道自己在一年内就会突然死去，你会改变现在的生活方式吗？为什么？

我可能会 更用尽全力去爱

★ 8. 友谊对于你来说意味着什么？

我觉得 友谊对我来说也是一种爱情

★ 9.爱与情感在你生活中扮演着什么样的角色？

好像是 冬天里的火

★ 10.和你的伴侣轮流说出心目中对方的一个好品质，每人说五条。

那我就说 那谁的五个优点吧 帅 做事认真 善良容易共情 非常靠谱 有童真

★ 11.你的家人之间关系是否亲密而温暖，你觉得自己的童年比其他人更快乐吗？

我觉得是的 我的童年非常幸福快乐

★ 12.你和母亲之间的关系是怎样的？

母亲是我很好的朋友 同时 我也很尊重她

第三组

★ 1.补完这个句子：“我希望和某人在一起，分享……”

我想和某人在一起 分享 良辰美景

★ 2.和对方分享生命中那些尴尬的时刻。

我骑自行车 不会往右转

★ 3.你上次在别人面前哭是什么时候？自己哭呢？

想不起来了 好像很少哭 自己哭 应该是唱《我的祖国》的时候 明明我不觉得我是个很红的人

★ 4.你觉得什么东西是严肃到不能开玩笑的？假如有的话。

我觉得没有 都可以开的

★ 5.假设你拥有的全部东西都在你的房子里，现在房子着了火，救出家人和宠物之后，你还有机会安全地冲进去最后一次，取出最后一件东西，你会拿什么，为什么？

拿条毯子 冷的时候 可以盖一下

★ 6.说出一个你的个人问题，问对方如果遇到此事要如何解决。另外，也要让对方如实告诉你，在他或她眼中，对于这个问题的感受是怎样的。

不上进 不自律 这应该是我最大的问题

另外 Catron和她的朋友尝试的最后一件事是彼此对视四分钟 这个过程没有被详细记录 但据说 这种对视有意想不到的效果 哪怕两分钟 也有帮助（我记得我之前写过 好像犹太教 婚礼 就是要新婚的两人对看很久很久）

希望这些问题可以帮助到你 更全的问题 可以在网上找到

抱住

[2022年2月23号 欧文的大连话更标准]

那谁经常问我这个中文怎么说 那个中文怎么说 我教得没什么耐心……今天又问 我随口说了大连话 那谁跟着说 我眼睛一亮 觉得太有趣 太好听了 一下子教了很多中文

[2022年2月24号 渐变绣球]

第一次开车 从墨尔本去阿德莱德 一路上 地貌不停变化 雨林 沙丘 红土 大片针叶林 它们被海岸线连接 形成一个连绵不断的夏日

[2022年3月 专栏]

亲爱的安东尼：

好久不见你了，不知你最近好吗。

几个月前在社交平台上得知你搬家的消息，总也没机会向你问询，只能像你的其他读者那样，通过碎片化的更新来揣摩你最近过得怎么样。

这几年里你似乎频频搬家，作为朋友看着，总怕你太累。不过这次的家看起来很朴素安静，不是崭新崭新、亮堂堂的。记得你说喜欢旧旧的空间，对了，你还爱买旧家具和衣服。作为你的旧朋友，突然有了那么一点点自豪呢。不过我很好奇，你是怎么样做到把一个新家“打扮”得像个熟悉的老朋友的呢，希望能听听你的回答。

对了，很少做饭的我因为疫情慢慢也只能学着多进厨房。有时候我喜欢看看你的视频，烹饪的、插花的，看你把一切打理得井井有条，总是不慌不忙的，那些时刻总会让我更加确信生活依然可爱。

前几天看你说，你喜欢在厨房里写稿，我很好奇，凭你的厨艺，在香气充盈的厨房里写稿真的不会分心吗？我倒是很想试试你卧室里的那张小桌子，我很喜欢从那个视角看过去的窗景。记得你曾经描绘过憧憬中的家的样子，不知道现在的这个家是否满足你当时的设想，以及你最喜欢在家中的哪个角落度过一天呢？

你最近在听什么歌，看什么书？因为疫情，大家都纷纷减少了出门时间，不过在家的日子还是容易显得无趣。记得你还在上海的时候，我们总会热热闹闹地到你家聚餐，那时你总会用一些很特别的花来装饰餐桌，准备丰盛的餐单。现在想想，宝贵的时光总是很难预料，不知下一次会是什么时候。但远远看着你的生活依然平和、有条不紊地向前，还真是莫名地让人安心。不过我也很好奇，你真的会时时享受独处吗？还是有时也会像我们这样感到无聊。你是如何和你的家、和你自己相处的呢？

虽然很想亲自去墨尔本看看，但碍于汪洋的距离和疫情的反复，我很想你能在信里多说一些关于新家的事，说说你最得意或最喜欢的一个细节；说说你对家的理解、怎么安排一天的生活；说说你在那里的新朋友，喜欢去什么地方散心；说说你的快乐和忧愁。或许还有，对我们这些老朋友的思念。

好好照顾自己，以及，盼望你的回复。

你的朋友：凌

2022 上海

亲爱的 凌：

你好

今年墨尔本热得很晚 不过作为全球因为疫情封城最久的城市 很多人也没什么感知 直到现在病毒变异成O种 没有像之前那么恐怖 大家才在十一月末开始互相走动 出来玩 吃饭 逛商店

现在住的公寓位于 墨尔本 South Yarra 离市中心差不多五公里距离 出门就是皇家植物园 走路二十分钟到市中心 骑车二十分钟到海边 去哪里都挺方便的 经常在市中心 吃了晚饭后 走过Yarra 河 顺着皇家植物园 走路回家 消食

这个公寓 住在上海的时候就买了 决定做得很快 也没怎么想要怎么装修 怎么改造格局 光看着 每个房间相连的大片窗子 和窗外一排排欣欣向荣的梧桐树 就下了决定 公寓也不大 五十五平方米 一室一厅

我家那谁就是建筑师 不过风格非常北欧 干净的线条 非常克制地使用颜色 那谁设计了我们上海的家 我很喜欢 但始终觉得像酒店 没有家的感觉 那谁在伦敦AA读书时候的同学 来自墨尔本的Kate 来上海找我们玩 她穿着二手店七八十年代的 牛仔裤和印花外套 痴迷于喜茶的设计 从麦当劳买了个金拱门的全家桶 说要带回墨尔本做纪念 我很喜欢她的风格和性格

加上 那谁说Kate 是AA所有同学里最杰出的学生之一 以上种种 在和那谁商量以后 就确定 让Kate设计我墨尔本的新家 Kate也很高兴地答应下来

2019年年底 她就做了一些设计发过来 改了房子的格局 用三个不等高的 定做家具定义和分割空间

2020年疫情开始 我们也开始装修 做做停停 用了一年时间 我2021年二月才搬进去 其间因为封城 我和Kate还有几个朋友 一起也做了很多事 装了窗帘 自己刷的所有家具 换锁 组装厨房 ……

这个公寓楼是二十世纪五十年代建的 Kate特意选了勃艮第红刷家具 卫浴也用了相同颜色和质感的瓷砖 软木地板 这些都是符合那个时期建筑模样的元素 刷家具的时候 我本来想找专业的人 结果Kate 执意要我们俩自己刷 说喜欢那种不完美的刷子的触感 因为家具找了非常厉害的 意大利木工来做 这种自己手工的粉刷 反倒能衬托出定制家具的质感和温润

我的卧室除了那个定做的衣柜和床 就没有别的家具了 那张小

桌子是在二手市场买的 一套日本学校的书桌椅 椅子下面还有 日本什么什么小学 二年级的贴纸 我觉得特别可爱就买了 放在卧室里 尝试用过一次 实在不是我的尺寸 后来就摆在那里了 否则 卧室显得很冷清 但我也不喜欢卧室东西太多 只放了一把椅子当 床头柜 放水杯和书 电子产品 睡觉的时候都不带进卧室 所以床头放了个 小闹钟

我觉得我没法在家里任何一个角落过一天 那样都不是很棒的一天

对我来说完美的一天 应该是 卧室 浴室 厨房 客厅 和室外 共同组成的 每个空间 各司其职

前几天请几个朋友来家吃饭 他们在迪士尼Plus 频道看*Summer of Soul*（《灵魂乐之夏》）的纪录片电影 记录了1996年 中央公园文化节 黑人为主的音乐会 那些音乐我都特别喜欢 所以最近都在听这个 歌单

书的话最近在看 吉本芭娜娜的 《N・P》 她的书经常讲到死亡 深刻的寂寞 自杀 本来这些是我很排斥的主题 但不知道为什么她写的话 我就能看下去 还觉得字里行间有暖流

当然也会感到无聊 我觉得这很正常 直视就好 有的时候忽然就封城了 心情会很低落 我什么也不做 就在床上看YouTube 或者在沙发上打一天游戏 从早起到黑夜 我知道这样很不健康 却也告

诉自己 不需要强迫自己一定要充满元气 总是积极拥抱生活

这种无聊的 类似放弃人生的日子有的时候也是需要的 一般来说第二天我就恢复能量了 不会一直陷在那种情绪里

你所说的国内的疫情 我也看到新闻了 我觉得中国一定会控制得很好的 不怎么担心 我准备三月回国

澳洲这边 我差不多四分之一的朋友都感染了O型新冠 不知道是不是大家都打了两针疫苗的原因 这些朋友的病情都不严重 差不多一周也都好了

我觉得 疫情快要过去了

不过 不管接下来疫情怎么发展 这一两年来 我都深刻惊讶于人类快速适应新的环境 制度的能力 和 我们对过往遗忘的速度之快

我觉得接下来几年经济可能会很一般 但觉得生活还是会不错 可能要回归一些本质的东西和活法

希望你都好

安东尼 上

2022 墨尔本

[2022年3月1号 收拾行李]

不想再看推送了

[2022年3月16号 小小人生]

国内疫情变得严重 个人 还有 控制疫情的工作人员都很不容易 你们还好吗 / 我回上海的机票 被改去别的城市了 / 还有两天 隔离时候 适合看书

[2022年3月18号 The Dandy Warhols（美国乐队）]

昨晚没睡好 好像滴在睡眠上的油 总是沉不下去 / 不知道是因为出新书 还是因为要回国了 / 已经越来越擅长 搬家了 但心情好像没有之前那么轻松 / 有舍不得的朋友和风景 也有对回归的期许和对未知的向往 / 我喜欢我是流动的

[2022年3月18号 这本书 送给你]

几年一本 这样写下来 正好在这个颜色里 遇到了你 / 《青：陪安东尼度过漫长岁月V》上架了

[2022年3月20号 第二根脚趾使劲]

不知道 疫情期间的 快递还快不快 希望这本书 可以陪伴现在的你

蓝：陪安东尼度过漫长岁月 VI

[2022年3月28号 起风了]

2011年 春天 北京的图书大厦

那是我经历的第一次签售 一个又一个和喜欢这本书的读者打招呼 半夜回到车上 控制不住地 哭了出来 因为 我珍惜的东西 也被你珍惜和认可了

2022年 春天 和Echo 带着不二的展览 又来到北京

这次不是短暂的相遇 为期 几个月的时间里 欢迎你来到不二的 世界

一起分享 过去这几年 在我们生命中 温柔 而又闪光的时刻

[2022年4月 专栏 一]

一月的时候那谁从 北欧来澳洲 我们一起在澳洲过了中国年 去阿德莱德 和堪培拉玩了一圈 两个人本来准备二月中旬一起回上海的 没想到 去上海的飞机熔断 两个人都走不了了 那谁要工作只好飞回去芬兰 他去中国的机票改到三月初 我的机票改到三月二十三号

进入三月 上海有疫情出现 那谁问我 我们要回去吗 要不要你来芬兰住一阵子 我们都可以在这里工作 天气也开始暖和了 我们可以欧洲玩一圈 等国内情况明了了 我们再回去

我说我们这机票改了一次又一次的 现在能回去还是回去吧 疫情的话没有什么大问题 毕竟是中国 肯定能控制住的 那谁说 好

三月初 那谁回到国内开始 隔离 我开始收拾家 把房子清空 准备出租 文森和几个伙伴来帮忙 整理

我住在一个老公寓的三楼 常常有朋友来看我和我道别 他们走的时候 我都让他们帮我一起 运一些东西去楼下仓库 每一次没有运很多 一点点的家里也清空了

准备要回国的东西 非常没有头绪 有各种表格要填 预约提前两天 和当日的核酸检测 上传不同的文件 申请绿码 感觉能不能回去心里没有谱 还好 Summer刚刚回国 给了我很多指导和帮助 梳理了下 一步步要做的事情

我的机票是从悉尼去上海的 临飞的前一周 上海把国外飞来的飞机都改去了别的城市 我的飞机改到了昆明 要在昆明隔离然后回上海 其实这已经是一个预警了 但我没有太在意 只是觉得 有点麻烦而已

十八号飞悉尼 早上乐乐和她老公要来送我 过去一年 Summer 乐乐 成了我非常好的朋友 我们一起做鲜花工作室 她们也和我的朋友们成了朋友

蓝：陪安东尼度过漫长岁月 VI

乐乐老公番茄早上五点半就给我发消息说 我们从家里出发了 他们到了的时候天还没亮 我说太麻烦你们了 起来这么早 番茄说应该的 他说 说回来我还要感谢你 乐乐和你说过吗 2011年 要不是她来北京参加你签售 我都没机会认识她 我笑

他们的儿子Didi 在面包车最后一排 我对他说 Didi 辛苦你了 也要起来这么早 他很害羞 看着我没说话 把头扭去一边 乐乐说 本来想把他留家里 结果非说要一起来送你

因为我们时间充足 估计番茄特意没有走高速 穿过城市走小路去机场 可能是想让我和墨尔本好好告别吧 城市一点点有了生气 桥下小河边的灌木开满了 明黄色的小花 特别的美 我坐在车里 懊恼没有来过这里

这时候看到 市中心那里 有四五个大大的热气球 接二连三地升起 我喊Didi 说你快看 热气球 结果我的大行李箱 立在他和窗户之间 他什么都看不到 我有点不好意思

在悉尼住了四天 澳洲早就已经解封 除了公共交通上要求戴口罩 基本没有其他约束了 据说即使得了新冠 也不硬性要求居家隔离了 更没有密切接触一说了 （我记得应该是这样 条例两三天一改 很难跟得上节奏）

飞的前两天 验血 做了核酸 阴性

在悉尼 没有去人多的地方 去餐馆吃饭 都最早去 住的爱彼迎很棒 附近就有公园可以散步 楼上有游泳池 可以游泳

晚上去房东推荐的瑜伽教室 做了热瑜伽 出来以后 看手机消息 昆明飞广州 飞机失事

特别难过 一个人在街边吃了一个意面 走路回家 有点想哭

飞的前一天 上传了结果 拿到绿码 经常抬头看着飞机 想给它们鼓励 祈祷不要掉下来

飞的当天早上 在机场做了核酸 阴性 顺利登机了

我们飞机 人挺多的 全副武装的不是很多 我只是戴了口罩 穿了防风衣和运动服 登机以后 我想如果这个飞机去昆明的 也许空乘会认识 那班出事的飞机上的人 也许和他们是好朋友也不一定 想到这里 又难过 空乘们全副武装 看不清他们样子 但觉得他们非常温柔 而且服务很周到

差不多十个小时的飞行 空中娱乐设施关闭了 起飞后 我睡了一觉 中途摘了口罩 吃了一些点心 喝了几次水

晚上八点多落地 和父母还有那谁发消息说 到 一切顺利

填表格 在机场又做了核酸 拿了行李 每一步都要等待 但也算是有条不紊

差不多半夜的时候上了大巴 似乎所有人都去同一个酒店隔离

大巴不多 所以巴士上人挤人 每个座位都坐了人 我脚下踩着登机行李箱 抱着书包坐在窗户边 心想还好刚才去了厕所

大巴的门关上了 一个小时以后也没动 这时候很多人开始不耐烦了 有的人喊 闷得喘不过气 有的人喊 如果坐满就应该发车 如果要等三四个巴士都坐满 去酒店那边又要很久 应该发车 有的人开始给政府热线打电话 我什么都没说 就在那里干坐着 有个大爷把口罩摘了 我看到以后 把自己的口罩压压紧

差不多两点的时候开车 到了酒店 没有人对接 大家又在门口等了一个多小时 因为在悉尼 要提前去机场做检测 这时候 这些人已经经历二十四小时的颠簸了 有一个中年男的（其实我也是中年男的了 哈哈哈）说了些非常不好听的话 我很气愤 但过了一阵子开始下小雨 那个人又喊着让 小孩老人 去前面排队 我心想 评价一个人 也不能一下子拍死 人人都有闪光点

就这样 我进去自己的房间的时候 已经快五点了 洗了个澡就睡了 尽管很累 但睡得一般

早起以后和家里 那谁通了电话 盒饭来了 特别好吃 我的床带轱辘的 睡的时候总动 我把拖鞋垫在下面 把房间整理了下 隔离时候需要的东西 放到一个箱子 不需要的 在另外一个箱子 香薰和蜡烛点上 这是一个在郊区的温泉酒店 我在一楼 靠窗的地方 有个大浴缸 还有个可以开门的小阳台 我对这个环境还是很满意的

第一天测了核酸以后 我想泡个澡 放了水发现水不热 然后放弃了 把浴缸洗了下

房间的射灯照得人很不舒服 我把床头台灯拿去桌子上 工作用

吃饭的时候 把米饭放到自己带的不锈钢饭盒里吃 毕竟要住两三周 仪式感很重要

好像是第三天又测核酸 上午测了以后 房间有点冷 我想开空调 发现空调被封住了 于是又去看浴缸 水多开了一阵子终于热了 圆的浴缸看着挺大 很爽 但其实泡着并不舒服 感觉自己像饺子 一直往里面滚 泡了澡以后 暖和多了 这时候 有人敲门 我戴上口罩开门 又是测核酸的 我说我已经测过了 那人有点不耐烦说 知道 拿出来棉签又测了一下离开了

晚上的盒饭还是很好吃 扔垃圾的时候 我发现有的房间垃圾没有系紧 就扔门口了 很不负责

晚上睡觉 床不晃动以后真的很好睡 半夜一点左右被电话叫醒 确认了名字之后说 你好 你的检测结果出来了 阳性 现在请你起床 赶快收拾你的东西 我睡得稀里糊涂的 我问 我得了新冠了吗 电话里说是的 不要害怕 我们会把你带去 集中隔离治疗 现在你门口放了防护服 防护服会穿吗 先戴口罩 穿防护服 戴面罩和手套 我觉得时间变慢了 我说好 就没问别的了 他说你把手机开机 等我们联系你

蓝：陪安东尼度过漫长岁月 VI

手机开机以后 又收到别的两个电话 问有没有人联系我 说救护车在路上了 让我快点 挂了电话 我给那谁打电话 没接 给小茫打电话 没接 给家里打电话妈妈接了 我说妈 我得了新冠 现在他们要把我送去隔离中心 我妈表现得很镇静 说没事亮 不要担心 和我们保持联系 我开始快速地打包 拿了条酒店的毛巾放到行李箱里

这时候 家里又来电话 我爸说 担心他们是假的 让我问他们要信息 我说应该不是诈骗 收到很多电话 他们和我确认了各种信息 不管怎么样 我们保持联系吧 挂了电话 我有点后悔打给他们 想说这一晚上 他俩估计都不会睡了 收拾好行李 我穿好防护服 可能因为紧张还是刚才一直在忙 大口呼吸 护目镜都雾了

我就那样坐在床上 不知道要做什么 把护目镜又拿了下来 给那谁发了消息说 我阳了 但你不要担心 我现在去隔离 等我有了新的消息给你留言

我带了新冠自测的盒子 自己做了个测试 显示一条杠 阴性

又把衣服穿好 在镜子里 拍了个照片发我爸妈 为了安慰他们 我在和他们挥手 尽量表现得轻松

手机响了 说你衣服穿好 就可以下来了 我到大厅 有工作人员在那里 再次确认名字 说 车马上到了 你在这里等着 等了一会儿来了个救护车 开车的是个女的 她全副武装 打开车门 站得挺远 说

行李放进去 我把行李放进去 不想麻烦她 我开门 她呵斥不要碰车 你坐进去 行李放在门口 很难上车 我很狼狈地爬了进去 她把车门关上 开始开车

我坐车里 现在想不起来坐在什么上了 救护车玻璃上都是气雾 窗子上看不到外面的景色 也不好意思再碰车子了 没有擦 路灯从玻璃映过来 都是颜色深浅的光晕 好像一幅画 好像也没有很害怕 脑子里在想很具体的事情 比如 为什么救护车里没有 安全带 感觉很不安全 又在想 如果真的是骗子呢 把我拉去荒郊野外卖了也不一定

就这样开着开了很久 车停了 又开了几步 车门开了 来到一个两层楼的 临时医院 看到护士在那里 她和我确认了名字 我心里总算有底了 不是骗子

开车的过来 让我交两百多块钱 救护车钱 我老实地扫码付款了

这时候 来了另外一辆救护车 下来一个全副武装的男的 不高 他的司机让他付款 他说救护车还要付钱的吗 没听说过 是不是骗子啊 我要发票 开车的男的很无奈说没有发票 骗你这两百多块吗 大半夜的 谁愿意拉你这样一个 感染的

那个男的还是执意要发票 说没有发票很不合理 我在一边说算了 也不是很多别纠结了 护士还在这等着呢 （后来我有反思这

件事 其实要发票 也是他的权利 也没做错什么）

然后我们就跟着护士进去了 护士说 你们怎么带这么多行李啊 那个男的说 我们商务舱 行李多 我说 我从澳洲搬家回上海 护士把我们带来楼上 打开像集装箱一样的房门 说这个是你们的房间 我看到那个男的蠢蠢欲动 想进去占靠窗的位置了 这时护士叫了我的名字说 你73号床 叫靠窗子那个另外一个男的的名字说 你74号 护士说 你俩防护服可以脱了 口罩继续戴着 她们说 手机拿出来 扫我们的微信 加了微信以后 在群里 要了 身份证信息 疫苗证书 然后加了四个群 医患群 医院食堂 某某饭店 和超市

几个 护士进去 房间 帮我们换了床单被套 我可以用手机了 知道我爸妈肯定没睡在等着 拍了张护士们的照片 说没事 我到了 护士特别好 在帮我弄床单 你们别担心了 睡吧 明天联系 隔壁的男的脱了防护服 看着四十多岁 一直在问 怎么就感染了呢 我们上飞机前测了很多次了 护士说 你们这班飞机前几天就有几个人送进来

护士对我们说 你们休息吧 明天早上抽血 做核酸和收集标本 现在可以在群里把早饭点上 我们做完体检再吃早饭 护士走了以后 我才发现 房间没有对着外面的窗 唯一一扇窗 对着对面的病房 病房里 有个和尚在穿衣服 可能是要离开 为什么半夜离开呢 我不懂

房间里有蹲厕 旁边是一个淋浴 地上都是水 我心想 我不要在

这里洗澡……可能因为已经阳了 或者累了 也不是很在乎 没洗就上床了 我问74号你打呼噜吗 他说打呼噜 我……

上了床 笑着拍了个自拍 传去家里 说都好 不用担心你们快睡吧 不好意思 打扰你们了 今晚 他们立刻回复 不要担心儿子 好好休息 我们明天联系

这时候小茫给我发了消息 说我刚刚睡了 头很痛 你怎么了 我给她打了电话 介绍了下状况 她安慰了我 挂了电话 她发消息说 你别担心 放轻松就好 我们有××的品牌在谈 很顺利

我笑说 这时候你和我谈工作 厉害 好的 明白

她笑说 我这不是安慰你吗 转移注意力

本来想 简单记录下 没想到一下子写了这么多 晚饭要来了 今天先这样 改天继续

有几件事说明下

在这里已经住了两周多了 没有症状 前两天已经转阴

都很好 不用担心 很快就适应了 在这里吃得很好 医护人员也都很负责

我和74号 75号成了朋友

谢谢大家的生日祝福 尽管没有蛋糕没有礼物 但你们的祝福在

这样的时刻变得更沉甸甸的

疫情之下 希望大家少看手机 多看书 好好吃饭 好好睡觉

我真的很好 不要担心 接下来 继续更新 写写 我在方舱医院的生活

（我不知道这里算不算方舱）

[2022年4月 专栏 二]

入院的第一夜我睡得很差 想象接下来会发生的事情的各种可能性

房间里有个空气消毒机 声音非常吵 每几个小时就自动工作

而74号也说到做到 机器不吵的时候 我在听他打呼噜

对面病房的灯不知道为什么一直亮着

想着墨尔本的家 想着前几天还在 悉尼维生素C一样橙黄美丽的傍晚 看着歌剧院和在远处海岸游泳的我 接下来的几天 可能只有喝维生素C粉的份了

想着想着睡着了

早上八点多起来 抽了四五管血 做了CT（计算机体层摄影）还有其他一些检查 从胳膊上抽血 从手腕处抽血 这是我第一次被从手腕处抽血 护士抽血的时候 我把头扭过去 不敢看 我们这里饮

用水 要从 群里小卖部买 我买的水还没到 可能很久没喝水 没吃东西 血管扁 感觉针头进去之后还在左找 右找 护士问我 是不是有点疼 我怕她着急 就说还好 好歹找到了 不用再扎一次 但之后手腕青了一两天

一早那谁就给我来了电话 电话一通他看到在病房戴着口罩的我就哭了

说很抱歉 昨晚手机静音了 没有听到我的电话 说我当时一定很害怕吧 说 以后睡觉就把手机放耳边 问我心情如何 身体怎样

我说你别哭啊 我在这我都没哭呢 我说这里条件很一般 但我觉得这个病房设计得很棒 对病毒的控制 非常合理 你不要担心 我现在也没什么症状

那谁说 你随时给我打电话 要是闷了 我们可以联网玩游戏 我希望你早日康复 有消息说上海的管控 会更严格 等下我出去买些吃的 我说好 你出门也要小心 好好防护 上海一些方舱 条件很差 那谁说好

第一天很难熬 我们房间很小 平行放了三张床 床和床之间有个塑料的小柜子 再没有其他任何东西了 箱子在病房里面是没法平铺开来的

74号床开始咳嗽和发烧 整个人看着不太好 大部分时间都在床上躺着看手机 睡觉

平时在家我除了睡觉 或者特别消沉 是不在床上待着的

蓝：陪安东尼度过漫长岁月 VI

我告诉自己 估计一时半会儿出不去了 这不是消沉的时候 于是把登机箱从床下面拉出来 坐在上面 用小柜子当桌子 吃饭 聊天看剧 累了就起来伸展下 除了午睡尽量不躺着

和爸妈通了电话 我妈说 你在那里没事 可以看看《人世间》特别好看 我说我不想看

和Summer发了微信 说我阳了 她说我的天啊 我说 第一天机场就测出来两个 我是第三天测出来 被带来医院的 她安慰我说 你身体好 又打了三针疫苗 没事的 我说我也这样想 她问吃得怎么样我说谢天谢地 嗅觉没问题 胃口也好 她说 你好好吃饭 休息 这时候就是拼抵抗力 看谁底子好了 她说 你没事可以看看《人世间》我们东北的故事 你看了一定有很多感触 我说 是吗 我妈也 让我看那我看看

订餐有两个群 一个是医院食堂 一个是某某饭店 食堂的菜很便宜 平均一顿十几块 两菜一汤 自己可以在群公告里选 下单

医患群里 大家每天要发两次 自己的血压和心血指标 有什么不舒服也在里面说

购物群是医院对面一个超市 要什么东西在里面下单 我买了一大桶水 洗手液 牛奶 和清扫用的橡皮手套

回来的时候 我在包里放了一包宜家的餐巾纸 每次吃饭的时候我就把小桌板拉出来 铺一张厚厚大大的餐巾纸在上面 把盒饭放上

去 坐在行李箱上 一边看剧一边吃 这样吃完了 桌子也干干净净的《人世间》 真的好看 让我想到小时候农村老家 姥爷 爷爷 家里的亲戚

我看微信文章里有说 主题曲 怎么怎么厉害 我一直以为是雷佳音唱的 想说怎么还没听到 后来才发现 原来就是片头曲 是雷佳闹乌龙了 也没觉得多好听

到了晚上 晚饭以后 医护群发来消息说 今天晚上九点钟 消毒要一小时 大家穿好衣服 上好厕所 去走廊等 不要聚集 这时候我才知道 这个医院走廊 病房 厕所 都有紫外线灯 每天会消毒两次

晚上在走廊的时候 大家都戴着口罩 各做各的 有个身型和我差不多的男的 一张嘴就知道是东北人 他应该是在走廊的时候 查到当天核酸的结果 他大声地和室友说 我阴第三次了 医生说我这次要是阴 明天就给我转观察区了 再见了 你们 他的声音里充满了喜悦 然后他问一个年轻稍微有点胖 有文身的男的说 你怎么样 阴了吗 文身男说 不用你管 东北人说 你还阳啊 都进来一个多月了 你这是要把“牢底坐穿”啊 文身男说 在这里住得最久的 住七十二天 我这早着呢 东北男生说 你再接再厉 我觉得你可以打破纪录 文身男说 你给我滚 东北男生 哈哈大笑 这些人都像没事一样看不出任何症状 东北人问我和74号 从哪里来的 我们说澳洲 他说你俩挺幸运 一来就进来了 节省了时间 我在隔离酒店住了十四天

被拉进来的

我问 你在这里住这么久什么感觉 他犹豫了下 指着文身男说 这你得问他 他有经验 文身男 瞪了他一眼把身子转向窗外

东北人和我们解释说 从你们进来开始做核酸 隔一天做一次 第一次结果不算 从那以后 只要连续两次核酸阴性 就能转观察区 观察区 住满一周 保持阴性 就可以出去了

我也登录了下医院的 账号 看了下我的结果 里面有七八个报告结果 甲乙肝 HIV（艾滋病病毒） 血沉 肺炎 肝肾功能 新冠病毒抗体 …… 特别全面 我觉得这个医院很负责 因为这么多人住一起 除了新冠 也要注意其他疾病的传染 可能因为我打了三针辉瑞 我的抗体是74号的 好多倍 我也在里面看到 我25号住院之前的报告结果 显示阴性 觉得很奇怪 发去了群里问 这里说 我是阴性 我怎么被带来这里 护士回复说 不清楚状况 明天问医生后联系我

我和74号回到房间以后 我说咱俩再接再厉 争取一起出去 他说对 我们来打扫下卫生 于是两个人把房间用消毒液和消毒纸巾擦了一遍

半夜一点左右 灯亮了 我们病房又送进来一个人 六十岁左右的样子 瘦瘦的 我和74号都醒了 我和他挥手 没有说话 他带了一个

行李来 护士又嘱咐了一遍 让大叔加群 大叔不太会弄 护士和我说你到时候帮帮他 我说好

第二天白天 我们几个在房间聊天 我对他们有了更多了解

74号 是上海人 儿子在悉尼读大学 妻子也住在那里 他在办理澳洲 投资移民 888签证 我说 那你是个有钱人 他说之前一直在日本住 住了五六年 也考虑移民那里 但日本总是地震 而且生活压力太大了 科长下班不回家 科员也不敢回家 澳洲自在 卖掉了上海的房子 准备搬去那里

75号床的大叔 说 他和我们一个飞机飞回来的 他之前在巴布亚新几内亚工作 造医院的 是一带一路的一部分 他刚说的时候我以为在非洲 后来查了下 其实就在澳洲上面 说因为疫情已经四年没回家了 这次本来飞新加坡 （记不住了）结果到了机场 临时管控又送了回去 最后澳洲解封 他们从悉尼转机 说他们在巴新的时候就得过一次 那时候工地很多人都感染了 国家派了医疗队过去差不多两周时间 都治好了 没想到这次又得了 我问他住了那么久有没有在当地交到朋友 他说 中国人都住工地封闭管理 而且也听不懂当地人语言 和他们没什么交流 就教他们怎么干活 我问那当地东西好吃吗 他说 都有自己食堂 和中国吃的差不多

开始的时候在房间我都戴口罩的 过了几天我想我睡觉的时候

也不戴口罩 白天也没有必要戴了 只有白天 医生敲门的时候戴N95

我很喜欢一带一路 他有点像 韩剧《鱿鱼游戏》里面那个大BOSS 老头 干干瘦瘦 干干净净的

第二天晚上 这里的主任加了我微信 他给我看了我进来前一天另外一个报告说 那天我做了两次核酸 在我们这里你显示阴性 但另外一个地方显示阳性 有一个就算阳性

我说 好的 那我死心了 谢谢你大夫 反正现在我这边的报告也显示阳了

主任特别好 说 没事好好养病 一路绿灯就可以回家

我说我们放风的时候 有个东北男生说一个姓马的男的 和你一个姓 在这里很久了 因为和你一家的 要和你一起抗疫到底

他笑说 我已经在这里快四十天了 和你们一样封闭管理

我说 我昨天和我表弟通电话 他之前支援了武汉方舱 现在 又去了大连的方舱支援 我才知道你们也是封闭管理的 真的很辛苦我说我也姓马 但希望早点出去 他说 他可能要在这里住两三个月才能回家

我说真的是很不容易 他说护士更辛苦

因为觉得卫生间不干净 第一天我都没上大号 也没洗澡 但过了几天也都适应了 太久没用蹲厕 我又有上厕所玩手机的习惯 站起来的时候腿麻得不行 站了一阵子才挪地方

一带一路 和 888都洗了澡 到了第四天我也受不了自己了 下午硬着头皮进去洗了一下 没有放东西的地方 把干净的内裤挂在热水器电线上 真的洗起来 觉得也挺好 连蹲厕看着都觉得干净了 而且水压不错 也够热 在小卖部买了个衣架 把从酒店拿来的毛巾挂上面

我回想接下来一两周 也记不清太多事了 感觉时间一下子过很快 也没有觉得特别辛苦 一直吃得很好 每天上午 傍晚 我们三个人一起打扫卫生 隔一天测一次核酸 没有几次 一带一路就转阴了 不知道是不是因为他之前得过 自己有抗体

888前几天 发烧 胸闷 咳嗽 没有力气 四五天后也好转了 偶尔咳嗽而已 我呢 差不多第二天开始嗓子痒痒的 然后轻度咳嗽 第三天有鼻涕 然后就好了 没有不适 一带一路好了以后 医生来做核酸的时候 我们问 他阴了 和我们两个阳了的人一起住没问题吗 医生说 刚刚转阴的人 有了抗体没问题的

888的卡可以在微信上订餐 但不懂为什么在小卖部不能支付 一带一路根本没有微信支付 所以我每次点餐都点两份 然后他们俩要买什么东西 也是我下单 他们要给我现金 我说我不想要现金 你们出去了给我就行 和我朋友聊天的时候 我开玩笑说 因为他们都需要我买东西 我在我们房间是老大 我要他们安静 他们都得听话

其实现实中 888算安静 白天的时候戴耳机 但一带一路经常用

手机看抖音 特别吵 有一次 中午我想睡觉 他视频声音很大 我纠结了很久 走过去和他说 叔我给你买个耳机好了 你这个声音有点大 可能之前根本没意识到 我这么一说 他说不用 我有耳机的 说着下床 从包里拿出来个耳机插上了 继续看

刚进来的时候 我旁边有个塑料柜子的 但888没有 本来应该放塑料柜子的地方空着 于是他用了右边的柜子 所以一带一路进来以后是没有柜子的 他吃饭就把行李拉出来 蹲地上在那里吃 有的时候看着挺心疼 不过感觉他蹲得特别和谐 我觉得我是一个很能在椅子上蹲着的人 他在床上蹲的样子 看着特别自在 像一只鸟 有的时候我问他 叔 你晚上想吃啥 他总说 你吃啥 我就吃啥 不用单独点 但我不喜欢吃辣的 我说好 我也不怎么吃辣的

慢慢地 生活有了规律 我两天洗一次澡 白天室内开紫外线消毒的时候 大家都捧着手机在走廊站着 我会找人少的地方 做弓步 反反复复差不多走一百步 白天用小箱子当椅子 在床上写会儿东西 下午吃了饭睡觉 然后做一百个俯卧撑 偶尔用五升的矿泉水当重量 做后弓步锻炼 差不多每天三集《人世间》

我们在这里生活很有规律 放风的时候 本来大家都各做各的 但每次有救护车带新病人进来的时候 我们都会趴在窗户上往外看 我想 监狱里可能就这样吧 888说你想得美 监狱里的人要劳动的 我笑说 那我们还是幸福很多

888很不喜欢做核酸 每次医生或者护士做核酸之前他总是说轻点哦 别人刚伸进去 他就喊疼 有的时候还把脑袋往后仰 护士经常批评他

我第一次做核酸的时候 也觉得很痛 感觉真的是伸到了脑袋里 眼泪一下子出来了 不过后来 应该是 马主任（大家都穿着防护服 有点分不清）给我做核酸的时候 他说你别紧张 嘴可以微张 不要用鼻子呼吸 那一次就不痛了 后来我一直这样 每次都不痛 我把这个方法教给888 他说不好用 他说你不痛 估计鼻子长茧了 我觉得还是他 不够放松

第二周的时候 我已经感觉没什么不舒服的了 我和888都偶尔咳嗽 一带一路咳嗽得比较厉害 有痰 他说他有咽炎 在群里和医生说了 医生给他开了药

888买水只买百岁山 一小瓶一小瓶那种 因为我要强迫自己喝水 我都买五升的 后来发现还可以用五升的水桶来锻炼 澳洲教练Shan发了视频过来 教我怎么在原地 用水桶做重量 做后弓步锻炼

本来我的目标是一周内转阴的 未果 三个人里只有 一带一路先拿到阴 晚上 我躺在床上 听着888打呼噜的声音 一带一路咳嗽咽痰的声音 睡不着觉 心里想着我打了三针辉瑞怎么还是得了这个病呢 在脑海里想象一个城墙 它是我的免疫系统 城墙上站着各种形态保护我的细胞和抗体 城墙另外一边是新冠病毒 新冠病毒已经不像一开始那么鲁莽 直接攻占 而是在身上安营扎寨 打游击战了 所

以即使身体可以应付 但这病毒一旦感染 只要他们按兵不动 也很难一下子消灭

站在病毒的角度 他们也不容易 只是想生存下去 但现在攻城又进不去 只能住在荒芜之地 马上弹尽粮绝 在苟延残喘 而我为了保护我自己 能做的就是多喝水锻炼 让城墙坚固 士兵有好的状态抗战 不让病毒有可乘之机 那些中药 维生素 还有吃的东西 是我为他们输送的弹药

希望 可以早点结束这场战役

以上这些都是我的臆想 和自我催眠 没有任何科学依据

住院差不多一周的时候 我的症状差不多已经消失了 自己用核酸试纸做核酸检测的时候已经显示阴性了 医生早上来查房的时候 会和 888讨论下股票 偶尔也会讨论下疫情 他说最近很多国外飞上海的飞机都调控来了昆明 他觉得是因为 昆明四季如春 方舱不用安空调 我问他 为什么 我们上飞机前 都做了两次检测 还是得了新冠 医生说 一方面 现在这个病毒传染性很强 可以说是 无孔不入 所以即使临飞前做了检测 也有可能在检测后感染 另外一方面 很多西方国家 检测时候CT值是30 而中国控制特别严格 CT值是40 他说你可以这么理解 30就是把标本放大30倍 来观察病毒状态和数量 在中国是放大40倍检测 所以很多时候 国外检测阴性 但在国内就变阳性了 你们现在就好好吃饭 多喝水 勤收拾房间 不要有太多压力 很快就能康复出院了

住院的时候 我有一直在吃VC 和医院给的中药冲剂 但连花清瘟胶囊每次吃完 胃都又冷又热的不舒服 吃了几次就没有再吃了 有一天早上起床后 我说晚上睡觉还挺冷的 888说 今晚降温 更冷 未来几天 最低温度 十摄氏度左右 我想了下这样不行 如果新冠没好 又得了感冒 那就遭殃了 于是在小卖部群里问 有没有卖电热毯的 小卖部的人回复说 你们病房负荷不了那么多电 但我们这里有被子 一百左右一床 我想了下 买了三床 因为如果 888和一带一路感冒也不行 我们现在是 名副其实的 大家好 才是真的好

傍晚的时候 护士可乐在群里 问我 是不是买了三床被子 我说是 晚上太冷了 她说 病房输送仓 太小了 一次只能放一个被子 但每次打开以后都要有半个小时消毒时间 我说我没想到这个 抱歉给你们添麻烦了 可乐说 没事 今天降温 晚饭以后 我每四十分钟来送一次好了 你们今晚能用上 我再次表示了感谢 觉得这里的 医生护士真的很好

晚上真的很冷 我和888都用上了被子 一带一路大叔不愧是盖房子的 火力旺 被子没用 说太热了

第二天 一带一路拿到了第二次阴性的结果 被转去 观察区了 离开了我们这里 临走前 他说 你加我儿子微信一下 我让他把这几天吃饭 买东西的钱转给你 我没有记账 按照一天五十块 让他儿子结算了 他儿子估计和我年纪差不多大 我把他加到 患者群里 说等叔去了观察区 你可以在群里直接 点餐付款 他说好 说谢谢你这段时间对我爸的照顾 我说互相帮助

蓝：陪安东尼度过漫长岁月 VI

说到吃饭 这个医院的饭菜真的太棒了 平均一顿 点一荤一素加上米饭 才二十多 我喜欢吃小炒肉 肉末茄子 鸡蛋肉蒸饼 炒苦瓜 肉包 菜包 医院来了一些新的患者 其中有一个 从美国那边飞回来的小胖子 二十出头的样子 经常在群里 和别人聊天

在吃饭的群里也能看到他的身影 他说 天天吃这些都吃够了能不能来一条鲈鱼 鲍鱼粥 小龙虾之类的 没想到食堂厨师说没问题 还有谁要下单 群里有几个人订了 我没有参与 因为觉得已经吃得很好了 室内紫外线消毒的时候 888就去找 小胖聊天 消毒的时候我就在走廊里走来走去 绕圈 因为每天被关在小房间里 真的需要运动 走到隔离区尽头的时候 能看到观察区的 一带一路 我和他招手 他往我这边走 我问他观察区 怎么样 住得会不会好一些 大叔生气地说 住得一样 一起住的人特别吵 晚上睡不好 还是和你们一起住好 我说 希望你赶快出院

晚上房间就剩下我和 888了 他病情也好转了 可能因为睡得更香了 呼噜声音也更大了 睡不着的时候 我就盯着 传递舱的蓝色紫外线看 心想 这个紫外线一天二十四小时开着 不知道对皮肤是否有伤害 想着 也许晚上睡觉的时候也要擦个防晒 又想 人真的是时时刻刻要担心事情 刚刚进来的时候 担心自己的病情 现在感觉自己没事了 又担心被紫外线照老了 想到这里不禁笑了笑 后来睡着了

六号上午你给我打电话 我没看到 后来看到了 因为在看剧没

有回复 直到放风的时候 才回电话给你 电话里 你明显有了情绪 问我为什么早上不接电话 我说我没看到 你问那你看到的时候怎么不回 我说我在看剧 想说之后再打给你 你说我不关心你 你一个人从三月末就开始被关在房间里 我却不闻不问 我说你这是无理取闹 我还在方舱呢 情况比你还糟 现在的状况不就是这样吗 我们都要各自调节 没有必要因为我没有及时回电话而生气 结果你又问我什么 我气得不吱声 你说 你不想说话的话 我就挂了 我说那你挂好了

我们置气 一天都没给彼此发消息 我想 我生日快到了 我就不信我生日那天你也不给我发个消息

到了晚上 我憋不住了 给你发了长长的消息

我说 我们在一起五年多了 一对恋人在一起这么久 如果必须在一件事上保持一致的话 那不是 性 不是对政治的见解 不是关于钱 而是在发生重大事情的时候 两个人可以步调一致 共同面对

我本来不想给你发消息的 但想到你一个人在异国 被关在公寓里不让出去 我还这样和你拉扯 你一定很难过 所以我给你发了这个长消息

我觉得我们这个争吵 没有任何价值 我在电话里显得很冷漠 因为我一打电话给你 你那个反应 就让我有了敌意 我觉得很难过 你说我不在乎你的处境 你从隔离中心搬出来的时候 我给肖仙人打了好几个电话 确定他的公寓 都收拾干净了 而且你可以很轻松地

找到钥匙搬进去 那天你出门没带钥匙 我第一时间 帮你找了开锁的 锁匠来的路上 我还特意给他打了电话 说了你的处境 安排他带上所有需要的东西 你生日那天 很多花店都关门了 我联系了好几个才找到一个可以配送的 寄给你了我喜欢的花 还有你喜欢的花

隔离期间 我也经常问你吃的够不够 心情如何 我朋友要给你送吃的 我也都有转达 国内对疫情的状况 我明明更想在墨尔本多住一阵子 但因为你 我又搬回来上海 我觉得只要我们在一起 在哪都一样 我确实没有经常给你打电话 或者 我们打电话的时候 我说的也不多 但我现在和你不是一个情况 我有两个室友 我不喜欢在房间里一直说电话 打扰别人

我觉得我们的争吵 没有任何意义 但我现在和你解释这些 因为疫情 现在的局势 对我们俩来说都是一个很大的问题 我们要一起面对才是 而我们在一起 作为恋人 让我最骄傲的就是 我们可以一起面对任何问题 如果你觉得我哪里做得不好 我愿意倾听 改正

过了一会儿 你回消息说

你说我们挂了电话之后 你特别难过 于是强迫自己做了很多工作 还喝了一些酒

你又看了一遍电影 *Wonder*（《神迹》） 里面有一句台词 People who you want to be with and who want to be with you, are hard to find（很难找到你想在一起和想跟你在一起的人） 看到那里你就哭了

因为你觉得 我们已经找到了彼此 在这个世界上 再也不是孤身一人了 光是知道你也在中国 即使我们不在一个城市 我也有了很多的力量 如果你不在中国的话 我估计已经回芬兰了

你说我觉得我们的沟通方式不一样 我总是喜欢把问题说清楚 而你喜欢回避 我喜怒无常 但很快就能忘记发生了的事 你情绪稳定 但一旦不开心了 就把自己封闭起来 我希望我们可以找一个 彼此都舒适的沟通方式 我也希望以后你可以及时和我沟通你的想法 而不是我需要一直追问

谢谢你的留言 你知道我喜欢正面面对问题 然后解决 我知道这对你来说 并不容易

我知道你是关心我的 我也很关心你 可能有的时候 我们都太熟悉这种关心了 忘记了 能被这样关心 多么难能可贵 我喜欢你说的 我们最好的特质就是 可以一起面对难题 让我们保持这样

然后我们就和好了 三十好几的人还这样吵架 真的是丢人

十号的时候 护士可乐说 你要过生日了吧 我说是 你怎么知道的 她说 你进来的时候 我给你登记的时候看到的 我们生日就差几天 我当时就想 这小伙要在病房里过生日了 我说 谢谢你 也祝你生日快乐 我说我希望我 生日那天可以拿到第二个阴 最近天天听 莫文蔚的《阴天》她笑

蓝：陪安东尼度过漫长岁月 VI

半夜十二点 一进入十一号 就收到好几个朋友的消息 说生日快乐 他们大部分都不知道我得了新冠 在病房里

你也整点 和我说生日快乐 你发了一张我的照片 说 这张照片是2017年我生日的时候 给你拍的 那时候我们都不知道到了2022年我们还会在一起 更想不到 这一年生日 你被关在医院 而我被关在上海的公寓里 也许人生就是这样吧 我希望你不要觉得 一个人在病房里过生日 很凄凉 因为 我一直和你一起 衷心地祝你生日快乐

我知道我们说好了不送彼此贵重的生日礼物 但因为你现在一个人在医院里 我还是想送你些什么 你现在登录你的芬兰航空账户会发现你已经成为 黄金会员了 我们一直说 等疫情过去我们就一起旅行 有了这个会员 你以后旅行就更方便了 而且 澳航也是 One world的 你在澳洲也可以享受会员待遇 希望你喜欢

我说这是 今天我拿到第二个阴性结果之外我最喜欢的礼物了 谢谢你

生日第二天 我就被转去观察区了 不知道是因为我幸运 还是可乐在其中有帮忙 我被转去另外的大楼 自己独立的房间 我和888告别 他这时候还没有阴 有点颓废 我说你应该也很快了 好好休息 少看那些新闻 他给我转了一千五百元 我说多了 他说没事 谢谢你帮我买东西 我们上海见 我说好

转病房前 护士来帮我消毒 所有用过的东西都用酒精擦过 我去洗了澡 换了新的衣服 拿着行李 走出医院 太阳照在我的脸上 尽

管 还戴着口罩 但总感觉可以自由呼吸了 心里大吼 真的爽啊

就这样 我在观察区又住了一周 检测还是阴性 就回到大连了

[2022年4月14号 赤名莉香]

昨天睡觉前 看了各种新闻 很难过 早上起来 在朋友圈问 疫情期间 有什么发生在自己身上 身边 温暖的故事吗 大家分享下 给彼此一些鼓励

这是我朋友们的故事

1 我的两个邻居送了小玩具给球球，安慰不能出门但energy（能量）丰沛的小孩。

2 我们公寓组建团购群，把大家从解决温饱提升到小康。

3 我在我们小区组了一个周黑鸭的团，官方会给团长返一点收益，然后我悄悄用这个钱订了两箱可乐和雪碧，准备等鸭子到货的时候分给参团的邻居们，让大家一起快乐。

4 邻居从群里加我，问我有没有消毒液。我翻出来一小瓶给他了，然后他给了我两包坚果（我零食也吃完了）。过了几天，家里吃的只剩下大白菜，断肉好几天。邻居问我要不要麦当劳，他抢到了。我想了想觉得我要忍住，没要。 结果他还是默默地放在我门口的柜子上，让我感受到吃肉的幸福感，谢谢他。之后我们一起团购，什么我都会帮他拿，大米和鸡蛋等。后面做核酸的时候经常能碰见他，他说房子刚装修完住进来没几天，自己一个人，什么都没有，主要还没电饭锅。（我和我室友，三只猫，拥有落地窗，真的是很幸运了）

5 花按时开了，像什么都没发生一样。

6 2020年初疫情刚开始的时候，到处都买不到口罩，菜也很难买，我家里只剩下之前做陶艺时候买的五六个口罩，一度很崩溃，不知道该怎么办。然后某天我一个大学同学突然给我打电话，让我开门。他站在楼梯口远远地丢给我一包口罩，还有酒精，然后快速地离开了。靠着那包口罩我坚持了快三个月才买到新的口罩，他当时真的是神明一般地出现，赐予了我一包口罩，身边的朋友就是我们的神明，可能。

7 最近居家生活,治好了我的挑食。

8 我去年怀孕七个月的时候小区因疫情封闭了，物业统计了小区里孕妇的信息。过了两天，晚上九点多了，市妇幼的主任打电话，问了一些基本情况后就让加了他的微信，说有任何问题都随时联系，产检也可以正常去他们医院找他做。当时真是焦虑的心情一下子就被缓解了。

9 之前被意外隔离，不能出门也没囤东西，室友默默地做了一切（每天给我送吃的），最后一天的时候房间门口多了一束花。

10 封控的前一天，一楼的邻居就给全楼栋各家送了蔬菜包和鸡蛋。隔壁楼有位邻居，家里房子装修了一大半，还没有配家电，封闭后回不了浦东，吃了几天泡面之后，在群里吐露了自己的窘境，邻居阿姨给他做了面包，还有邻居给他煮了馄饨，太多给门口放面粉、放食物的，他说他都能去摆摊了。楼栋里还有邻居买了一箱牛奶，说自己喝不完，挨个送给楼里的老人家，这样的好心人和暖心事太多了，如果不是这次，可能大家不会这么亲近。

11 两年前从日本回国那次，在飞机上旁边小哥看我装备太简陋了送了我一副手套，让我戴着做好防护。

12 昨天邻居送来了切好的，三百块一个的西瓜给我吃。前天邻居帮忙代购了一些水和吃的，另一个邻居给了五个鸡蛋，并告诉我没吃的跟他们说。

13 邻居对我爱的供养——给我送可乐薯片。

14 疫情期间，我碰到了非常靠谱的跑腿小哥：楼里有个阿姨呼吸很困难，并且吐了。我发朋友圈问，一个热心的朋友准备了气管扩张剂，我找到前一天帮我送美团订单的小哥小丁，他在群里问有没有就近的跑腿大哥。大概一分钟，一个徐州的跑腿大哥给我打电话，从拿药到志愿者接到药，送给病人，一共差不多一刻钟，超级快。而且大哥坚持不收钱，他说这是救命的。楼里其他住户也送了阿姨很多其他药和维生素，还约了医生朋友给阿姨做视频诊断。

[2022年4月15号 回家的路]

今天 新书和我一起出来了

[2022年4月17号 I am with you]

在考虑 要不要再剃光头

[2022年4月23号 最好的时光]

在大连和父母住 天天吃好的 晚上九点半就困了

[2022年4月25号 不吃早餐]

今年生日在隔离中心过的 凌晨的时候 你发来消息让我登录航空账号 说有个惊喜 因为很久没飞 我的级别归零了 但登录后发现 变成了 金卡 / 你说疫情一定会过去 期待到时候我们一起旅行/在一起五年多 谢谢你对我的温柔和用心

最好的呵护 像是最好的爱
不是挥动手腕的魔法
不是心血来潮时候的热情
而是日夜的保护与坚持

和Echo创作了《夜光》
献给你 也献给我爱的 LA MER
它将在海蓝之谜 《共愈 新生 无界》线上艺术展亮相

[2022年5月1号 野蛮生长]

给爸买手机 自己买笔记本 看了B站视频 点击后 下了拼多多感觉进入一个新世界 怎么可能这么便宜 怎么可能

[2022年5月5号 如果没有走远]

已经把大城市的生活忘得差不多了

[2022年5月11号 种瓜得瓜]

对对对 我是INFP/ 但那个测试每次做 我都想选不一样的 不知道为啥

[2022年5月27号 在当当 得了个奖]

老家住了快两个月 没有五脊六兽 住得很开心 没有一次要自己做饭 刷碗 只要把碗筷拾起来 爸妈一定会说 不用不用 喝点茶吃点水果 或者去睡一觉 ……这样的闲暇 也只有在家里才能享受 我教了妈妈怎么用手机倒计时 怎么用小打印机 可以在家里插花 / 和我爸种的向日葵 已经开始发芽 可惜看不到满园金灿灿的样子了 …… 上海进不去 和那谁约了机场见 一起飞澳洲 / 没想到这么快回去 很多计划被打乱 只能走一步看一步 这可能也是人生常态 / 这次《青》的签售都取消了 我自己在家签了七千册 过几天发出来

[2022年5月28号 知了 知夏]

要有多坚强 才敢念念不忘

[2022年5月31号 伍舟同学]

过去几年 很少回大连 每次也只住匆匆几日 十八岁离开家 加上父母也搬去了农村 现在 新的家 旧的城市交错 身临其中 没有什么归属感 / 不过和同学 一起走过 之前上学时走过近万次的街道 重温伙伴 老师和喜欢的人的名字 故事的时候 又在心里反复肯定 这是我的城市 / 希望大家好 大连好

[2022年5月 专栏]

大连家里 知道我要回去了 都特别开心 爸妈平时对病毒都小心翼翼的 因为有了疫情基本上都只在农村待着不回大连了 但知道我要回家都特别雀跃

我说我担心我刚刚转阴 就回家还是不太安全 反正回大连也要隔离 要不要先去大连家里自己住一周 再回农村 我妈坚决地说 不要紧 你赶快回农村 妈妈给你做好吃的 我们全家一起隔离 咱们家这么大 楼上楼下的 自由

你爸和村里报备了 我们去机场接你 然后我们一起回农村全家隔离 村里领导也特别好 他们说 对外就说你是从国外回来正常隔离 不会说你阳过的事情 我说好 那听你安排 我妈说太好了 你把你

想吃的都发给我 妈妈和爸爸准备起来 给你好好养一养

我在家住了差不多两个月 我妈说 这是我们全家有史以来 一起住得最久的一次 之前我年纪小 我爸工作需要 全国各地出差 后来 我上了高中以后就没在家住过 我爸退休了 我也出国了 我妈说 因为我离开家早 她每次梦见我都是小孩模样 这次总算能一起住个够了

在家是非常幸福的 这种幸福没有任何人可以给予 每天不用烦恼任何事 也不用想要吃什么 我妈真的变着法地做我喜欢吃的东西 吃完饭 只要我开始收拾碗筷 我妈就一定会说 不用弄这些 你去躺一会儿

在家的这段时间 我给家里买了新的洗衣机 吸尘器 帮我妈做了大扫除 和我爸一起种了地瓜 向日葵 我爸说 这个向日葵 长得不高 但会产很多葵花子 到时候做成葵花籽油 自己家用

我们和老姨一家 还有姥爷一起给我爸过了生日 姥爷已经九十三岁了 身体还不错 但吃东西已经很不方便了 生日上 姥爷嘱咐我要多生孩子 说他现在这么幸福 就是因为孩子多 我说好 一定照做

我爸生日后一周 我姥爷去世了 我现在想起来还是觉得 不真实 同时也庆幸 阴差阳错地 我回到大连 可以送姥爷最后一程

[2022年5月 姥爷]

姥爷去世那天 早上七点多被敲门声叫醒 是表弟的女儿西齐的声音 她在外面喊姨奶 姨奶 因为白天我妈会帮她辅导作业 过了一会儿没声音了 我以为我妈把她带一楼补习去了 看了眼手机 回复了些消息 就又睡着了

再醒来时 听到敲门的声音 我妈敲门以后直接走进来 我还躺在床上 我妈很镇定的样子说 马亮 赶快起来 姥爷走了

我立刻坐起来 有点蒙 说 啥 昨天不是还好好的吗

我妈说 是 办白事的人已经到了 我回来拿一些钱 你把衣服穿上 我们一起过去 我妈镇定得 让我很难相信 姥爷就这样走了

到了姥爷家 里面已经满是人 姥爷躺在厅里 一个棺材样子的冰箱里 他穿戴整齐 干干净净的 脸上没有什么血色 棺材镶着塑料金边 旁边围绕着假花 姨父和操办的人说 这是外孙 那大叔给我三炷香 让我跪地磕头 往瓷盆里烧了纸 又往里倒了酒 我一边磕头一边想 这挺危险的 那些塑料花离火盆那么近

很多细节我记不清了 只感觉一天之内 身在各地的舅舅舅妈表弟都唰地一下回来了 屋里屋外满是人

老姨说 爸早上起来就不舒服 就赶快给我做医生的表弟 鹏视频 给姥爷量血压 鹏说 赶快吸氧 但这时候老姨 姨父已经紧张得没

了头绪 赶快让西齐来找我爸妈 西齐发现家里没人 又跑去园里 爸妈过去的时候 姥爷状态还清醒 他说 我不行了 也不要送我去医院 鹏看了血压和姥爷的情况 也确定说不用送了 老姨一边说 一边哭 我心里难过 早上西齐敲门的时候没起来 没有过来见姥爷最后一面 我过去抱住老姨 我说你们把姥爷照顾得这么好 不要太难过 姥爷走的时候也没遭罪 很有福了

我爸在张罗 大舅还没到 我爸就和管事的说 我们东西都选好的 不论是鞭炮 还是棺材 形式就按农村正常流程走 管事的说好 有你这句话 我就明白了 他大概介绍了下流程 我妈和我爸说 咱哥没回来 你这样做主不好 我爸做事 雷厉风行惯了 不纠结 我觉得这样也好 总要有管事的 我妈说 二人转 和帮哭的不要 咱爸不喜欢那些吵吵闹闹的 我爸说 好 那两个去掉

我爸见人就点烟 说老头有福啊 一点没遭罪 就在我怀里躺着一点点没了力气走了 管事的和来客说 他们做过这么多白事 这么大岁数老人 换衣服时候 身上干干净净 一点味道没有的太少了

大舅进屋的时候 红了眼圈 没有废话 肯定了老姨姨父的照顾 认可了关于白事我爸做的决定

我们穿上孝服 往村口的山坡上走 浩浩荡荡的 身上的腰带 和白布随风飘动 那场景让我想到 《一代宗师》里 师傅去世时候海

边的样子 每几个小时走一次 一边走一边放鞭炮 到了山脚跪地磕头 舅妈用筷子拨米饭到庙口

第一天晚上舅舅们守夜 半夜表弟佐从外地赶回来 汽车飞机坐了十几个小时 我妈妈这边五个兄妹都生的儿子 我老大 和弟弟们的关系都很亲近 大开在上海 回不来 楠在国外 想必他们一定很难过 庆幸我赶上了

晚上躺在床上 好像也没有觉得多悲伤 想着昨天去送樱桃时候姥爷的样子 还是很好的 但他又说 以后不要送这些东西了 吃不进去 肌肉用不上劲 都是用舌头碾碎 但因为不嚼 很难往肚子里咽 可能也是个征兆 我觉得姥爷幸福 这么多人爱他 活了这么久 他把自己照顾得很好 也不给晚辈添任何麻烦 爱党 爱国 更主要的是爱生活 这次搬来新公寓特别开心 经常和我妈说 没活够

我在想 姥爷去世前和我交代的 多生孩子 在想怎么让他如愿

想之前在姥爷家的那些日子 炕席的味道和温度 干干净净的前后院 门前可以结拳头那么大杏子的杏树 傍晚时候电视里的评书 姥姥做的炒鸡蛋 姥爷往我碗里放肉 我不喜欢吃玉米粥 他从麦乳精罐子里挖两勺糖给我 糖放到粥里 化成透明的水 用筷子一拌 一下子能喝一碗 想冬天的时候 外面太冷 我要撒尿只要喊一下姥爷 他就下床拿大罐头瓶子帮我接尿 上床之前 总是帮我掖被子……

这些回忆不知道会不会和姥爷一起走掉

四点多起来上厕所 发现厅里亮着灯 我妈披着一件衣服在餐桌上写信 写了几页了 一边写一边哭 我上去问 妈你还好吧 我妈 抬起头 红着眼睛 一脸委屈的样子说 我 没事 给你姥爷写封信 你回去接着睡吧 明天要早起 我知道这个过程对我妈很重要 没有多说回去睡了

第二天早上入棺 盖棺材盖的时候 全家都哭了 生离死别的时刻 身体上那个感受不是仅仅用悲伤可以形容的 无力 颤抖 眼泪止不住地流 我妈和老姨 扶着棺材哭 我妈温柔地 反复地说 爸 你走好爸

火葬场在半山腰 因为疫情管控 一切从简 推进去之前 管事的把盖在姥爷身上的白布拿了下来递给我 我折了折 因为身体一直放在冰柜里 那白布也凉凉的 拿在手里的感觉很奇怪 不想让姥爷被烧 心想如果能一直这样冻着也不错

我们来到 火葬场的院子里 等着拿骨灰 烟囱里一阵阵地出来白烟 不知道哪一缕烟是姥爷 于是每一缕烟 我都看着它们的变化 我在心里告诉自己 从此就再也见不到姥爷了 我们把姥爷的骨灰带了回去 放到棺材里

晚上大家都去饭店吃饭了 老姨穿着孝服在棺材旁守着 我怕她害怕留下来陪她 表弟他们提前吃完换我们去吃 去的时候 很多人已经喝高了 大家谈论饭菜多么硬 有多少海鲜 白酒的瓶子可以拿回去做酱油壶 家长里短的 我觉得挺好的 很真实

饭后 舅舅们分配了下晚上守灵的时间 我 佐 守前半夜 到凌晨一点多 姨父不放心我俩 也加入进来 这一晚上香火是不能断的 而且要一直烧纸钱 把那些纸灰收集起来 办白事的人说 这些纸是在那个世界的老人可以用的钱 明天要和姥爷一起下葬的 所有的亲戚朋友来 不是带花就是带纸钱 公寓门口摞了一堆又一堆

我和佐在棺材前烧纸钱 旁边搭建起来舞台 尽管没有二人转 但晚上还是有个表演环节 有吹唢呐的 唱歌的 一边吹唢呐一边唱歌的 音响开得特别大 唱一唱还哭起来 撕心裂肺的 我们家里人这几天没一个人那样哭 我和我妈说 他们这样真的让人烦躁 也吵到邻居 我妈说这个环节 要到十点半的 我们特意嘱咐九点结束 不要打扰别人休息 在外面待不下去了 我回去房间里

大舅可能看出来我很排斥 他过来和我说 这个也要理解 这个就是入乡随俗 家家老人去世都是这么操办的 如果我们不办 别人就会议论这家是不是有什么问题 再说 你看那些邻里邻居的 也都在旁边看 喜欢看这个热闹 确实很烦躁 但家里老人去世了 也的确需要这样的节目 闹一闹 躁一躁 否则 就在那里冷冷清清地烧纸 滋

味更不好受 他说 邻居里 有不喜欢的 也都能理解 谁家都有个老人去世 你不用太担心 我觉得大舅说得很有道理

姥爷葬在农村老家的小山上 对面是苹果园 苹果园再下面是水库

我们兄弟几个每个人出了几百块 老舅找人买了很多鞭炮 加上白事公司的鞭炮 村子里亲戚朋友的鞭炮 入土之前 感觉鞭炮都放了十几分钟 震耳欲聋 鞭炮碎像大雨一样 落在身上 头发里 按照辈分 远近 大家一一磕头倒酒

办白事的人完成了任务 舅舅和我爸表示感谢 一切顺利 办白事的人说 老头有福气 你们不计较我们也更好办事 这么重的棺材入土的时候一点没晃悠 四平八稳

大家陆陆续续上车 吃酒了 我拍了下小山和水库的视频 发去哥几个的群里 这里就是我和弟弟们童年游泳 捉鱼 晃雨牛的地方 我打字 水库和小王屯 今天风和日丽 想必姥爷也很顺心 鞭炮很响 都很好 大家保重

如此这般 我们把姥爷送走了

当天就有人打听要买姥爷的房子 我妈兄妹几个合计这房子不

着急卖 就留着 有人来农村可以住 那天晚上大家都走了 只剩下住在农村的 老姨和我们一家 我妈说今晚咱们去爸家吃饭 人走了 家里要有点热乎气

老姨在做饭 我用吸尘器扫地 妈妈在姥爷房间 那钟表停了 我妈给钟表上了弦 那个钟在姥爷家用了六十多年 每到几点就敲几下 半点的时候敲一下 一直好用 我妈把它调到正确的时间 结果到了整点没有响 我妈脾气倔 又鼓弄了一阵子 我在厅里又听到了熟悉的钟声 不过那个表只能往前拨 不能往后调 于是我妈就半个小时半个小时地往前调 这期间她就坐在炕沿 认认真真地看着那个表当当当当当地响着

厚重 而沉稳的声响 不会觉得烦躁 反而把时空拉得悠长 表的指针在打转 但时间和人终究是往前走的 终于调到对的时间 我妈才过来吃饭

饭后才八点 我说我们玩会儿扑克吧 老姨说把窗帘拉上 让别人看到不好 会说这家人不着调 老人刚走就在家里打扑克 我妈说没事 说明我们对老人没亏欠 日子照过 也不要惦记买我们的房子 但终究心情不好 加上这几天很累 玩了两三局 就各自回家了

第二天 我爸嗓子就哑了 我觉得他是这几天说太多话 我爸说这几天忙 没什么感觉 忽然安静下来才真的意识到爸不在了 上火

了 我爸是真心孝顺的一个人 对我爷爷奶奶 姥爷姥姥 永远百依百顺 从来不大声说话

已经一个半月了 我这次回来和那谁还没见过 我们一直抱有希望 上海可以快点解封 我可以回去 但这个希望越来越渺茫 我们的居委会也不让我回 于是我们计划六月初离开中国 那谁要回芬兰工作 因为疫情和绿卡的事 我们断断续续快两年没一起生活了 我决定一起过去 不再分隔两地

我是中国护照澳洲永居 所以我们要一起先飞澳洲 然后去欧洲 买了机票 在家还能住两周 爸妈都表示 知道我又要离开中国 心情很不好 我妈甚至说 希望我机票被取消 我笑说 如果取消也不怕 我就在农村住着 啃老 我妈说你啃老我也不怕

有天我们全家在厅里聊天 我妈在包饺子 我爸在泡茶 我坐在沙发上说 如果有天你们走了我该怎么办 你们不想办澳洲绿卡 我又全世界地跑 姥爷这次去世我才第一次认识到这件事这么复杂 而且也并不遥远 我妈 停下了擀面 说 你说这话 妈心里咯噔一下

我爸把茶杯递给我妈 说儿子能考虑这些特别好 我们也确实可以谈一谈

我爸说 是这样 你现在也没说固定住在哪 你说我们老两口真去了澳洲 然后你跑欧洲去了 我们在那里没有意义 再说我们喜欢农村这里 自在 到了澳洲也不会说英语 这里吃的喝的都适应 我们

的朋友也都在这里 如果温泉中心那边 建一些老年别墅 爸妈就搬去那里 你妈喜欢泡温泉 爸还可以继续种点地 别墅那边会有护士 水果蔬菜都是有机农场的 特别好 如果生了大病就去大连 你一年回来看个一两次就好

爸爸妈妈的存款 房子 保险什么的 我会列一个清单 把密码给你 这些不复杂

至于后事 我是这么想的 不需要像你姥爷这么复杂 也不用搞守夜这些 不要累到 可以有个小型仪式 亲戚朋友来了不收钱 不给别人添麻烦 有想说话的 就让他们说几句 然后火化就行了

爸妈不追求葬在老家的茔地 我们的意思是 你在哪 就把我们带去哪 不论是国内国外 澳洲还是欧洲 在你住的城市找个地方 安放就好 我们在世的时候照顾你 等爸爸妈妈去世了 也想在你身边保佑你 再说如果逢年过节 你带着全家来看我们也方便 还是希望常见面

我爸说得很平和 语气温柔 我妈在一旁站着点头 我坐在沙发上 听到这些话 喉咙像哽住了一样

使上力气才说出话 我说好 这我就很清楚了 谢谢爸爸妈妈 我争取早点安顿下来 我们住在一起 如果你们年纪真的大了还是在我身边我放心 我妈说 不用住一起 太添麻烦 彼此也打扰 如果能做邻

居 或者开车近的地方就行

我说好的我知道了 我爸说 反正我们的宗旨就是 不要麻烦儿子

我说这话让你说得 难道儿子白养了 我爸说 儿子特别好 我们特别骄傲 唯一就是如果再生个孩子就完美了

但这也是爸最后一次和你说这件事 以后保证也不再提了 你是个聪明的孩子 爸反复说也没意思

后来我爸就真的没再提这件事 又住了十天 我回了澳洲

[2022年6月6号 武定路]

小四 最近我经常想起 之前我们那些旅行 / 生日快乐

[2022年6月11号 不喜欢空调]

希望对恶人严惩不贷 同时 鼓励见义勇为

[2022年6月 专栏]

离开大连之前 我爸约我去他的小院喝酒

他给我发消息说 你来吧 我从家里拿了威士忌和两个杯子 发

现我爸买了 盐水花生米 毛豆还有啤酒 已经在树下等我了

我们在槐树下坐着 喝威士忌 我和我妈什么都能聊 和我爸在一起 除了讨论工作 不知道要说什么

喝了几杯 我爸开口说 这几年 你看我没有催婚 因为我觉得你在恋爱方面和别人不一样 不过你本来也是一个 不一样的孩子 懂事 善良 从来不需要爸爸妈妈操心 至于你这个恋爱的情况 爸爸希望以后你能改 你现在三十八 爸爸觉得你跟二十八岁的时候 已经有很大变化了 也许以后还会变 爸爸找人给你看 说你会结婚晚

但是如果你一直不想结婚 一直改变不了 也不要觉得对不起父母 他说 我不是很理解 但我也不是一个老顽固 归根到底 爸爸就是希望你幸福 这一次我们在一起住了快两个月 爸爸发现 你可以把自己照顾得很好 之前 我和你妈妈去墨尔本 觉得你那里的生活也安排得很好 你墨尔本的朋友都是好孩子 上次我在北京看到你那个外国朋友 也很优秀 你的朋友就是爸爸的朋友 你的家人 也是爸爸的家人 这事爸爸今天和你说透了 也算是表个态 以后不会再说了 我们俩都知道就行

我被我爸这一席话 惊到 完全不是我预料的 他要说的东西 我说 爸 我完全没想到你会对我说这些 我爸笑着说 我都看在眼里 然后喝了口酒 吃了几粒花生米

我说 谢谢爸爸 我觉得我很幸福

然后就开始下雨了 田地里我们一起种的向日葵 已经发了芽 我们冒着雨一起回家

老姨一直念叨着想要一口大铁锅 我在网上买了一个 送到以后 她觉得小 让我给退了 我说那找个时间 去县里做铁艺的店买一个 选了一个最贵的送给了她 她高兴得 见人就说 我外甥给我买了口 大铁锅 用猪油开过锅后 她就准备在院子里用铁锅做饭了 她说 你 走之前 老姨天天做好吃的给你 因为这口铁锅 我在我们这条街出 了名 老姨说所有路过的人都说好

去上海的机票总是取消 我买了两张不同航班的票 机场工作的 朋友小野 也给我内部消息 告诉我 哪班飞机可能飞 这时候 你已经 隔离快两个月了 我们决定一起离开 经澳洲去北欧 你临走前想把 中国的常住许可更新一下 打了很多电话 都没有明确的答复 好像 办事的人 也不清楚 在疫情期间 要如何操作 终于有一天 你接到了 电话说 你可以办理居住证的更新 受理处在浦东 你要带着身份证 去办理 你在电话里问 现在 小区禁闭 怎么才能出去 而且就算能出 去 去浦东的路都封了 怎么过江 电话里的人说 那就是你的问题了

后来 你在老外的群要到了 有许可 可以去浦东的出租车的 电话 两个小时 三千五百块 也问清楚离开小区需要的许可 我说

三千五好贵啊 就二十分钟车程 于是我在朋友圈 问了下 有朋友说 可以叫货拉拉 很多货拉拉都有出入许可的 于是我真的订到了一个车 约好了早上八点去接你 如果货拉拉不出现 你可以九点坐三千五的出租车去浦东

货拉拉我也额外加了钱 一共六百 司机早上七点半左右给我打电话 说快到了 我说我是帮我一个老外朋友约的车 司机说 啊 这有点麻烦啊 车上放个老外 我说没事 他手续齐全 小区会放行 他去浦东办证件 司机说 那你让你老外朋友戴个帽子 如果警察拦下来 就说老外走丢了 我们看到 帮忙送一下 不要谈钱的事 我说一定

就这样 有惊无险地 你上了车 我在货拉拉软件上 看到你绕来绕去 过了江 说好了 没问题了 我继续睡了 你说好的 谢谢你的帮助 等我拿到证件了 给你打电话

你的证件办得很顺利 当时就下来了 排队的时候 认识了从美国回来的中国女孩 两个人拼车一起回了浦西 刚过桥你就下车了 说好久没出来 想走一走再回去 于是走了两个多小时回家 拍了很多照片和视频 心情特别好

保险起见 我打算在我们国际航班起飞的前一天从大连去上海 和很多人一样机场睡一晚上 睡袋都买好了 后来小野和我说 你飞的那天 加了一班航班 那个肯定是会飞的 你不要提前一天去睡地上遭罪了

为保证万无一失 我在大连两个医院做了核酸检测 分别拿到了中英文结果 告别了父母 终于登上了去上海的飞机 三月初从悉尼回上海和你团聚 结果到了五月末 还没进入上海 更别说两个人见面了

到了机场 从国内转国际 一切顺利 走到国际大厅 远远地看到你戴着口罩在那里坐着 看着好可怜 我喊你的名字 和你招手 你看到我 站起来 跑过来 紧紧地抱住了我 两个人都没摘口罩 就那样抱了很久 好像革命胜利了 两支队伍会师的感觉

过海关的时候 因为我是中国护照 你担心海关不放行 所以让我先过 你说你要是走不了 我也不走 我们就在上海待着 但一切正常 我没有逃离的感觉 其实过去几个月 我过得很开心 当然也有心惊胆战的时候 但总的来说是非常幸福的几个月 你也和我说 你也没怎么遭罪 工作继续 可以自己下单点外卖 朋友也有闪送东西 吃喝也不是特别大的问题 就是不能出门 有的时候情绪非常低落 但整个上海都这样 也不差你一个

上飞机前 我给家里发消息 报平安 我二姐在群里说 飞机上一定戴好口罩 别吃东西也别喝水 我觉得好笑 我要飞去一个 到处都是病毒的城市 这个时候 悉尼 墨尔本进入冬天 病毒肆虐 但澳洲防疫 随着疫苗接种的普及反倒更放松了 街上基本没人戴口罩了 餐饮旅行也放开了 去一个这样的地方的路上还要全程戴口罩吗 但

我很理解二姐的心情 我说好 我一定注意

就这样 我们六月初离开了中国 回忆过去几个月 有惊恐 有不解 不适和迷惑 也有温暖 团聚 踏踏实实地 在父母的爱里生活 总的来说是非常奇特的经历 我也一点都不后悔三月时候回国 但也很期待去北欧和你一起过日子 真心觉得生活彻底翻篇了

[2022年6月19号 到了芬兰]

下午四点的时候 想说睡个半小时 然后起来做饭 结果起来的时候 天是亮的 以为睡到了早上 还想着 这时差倒得真顺利 然后看了下表 晚上十一点半…… 第一次体验了极昼 / 都管墨尔本叫墨村 相比之下 墨尔本太繁华了 而这里只有 树林和湖泊 …… 只有树林和湖泊也不错 / 今天蒸了这次旅行第一个桑拿 估计要蒸三十次

[2022年6月20号 楼下书房]

因为有个专栏 拖了好久没交 一定要写完了 下午四点困了 想睡一觉 然后起来写 告诉那谁一小时后叫我起床 结果一下子睡过去 / 那谁也睡过去 来敲门的时候 两个人都是睡得迷迷糊糊的 但外面天是亮的 我爬起来问 Is this tomorrow or yesterday （这是明天还是昨天）那谁被问住 说Same day. You slept for 3 hrs（当天。你只睡了三小时）每天只有三四个小时天是黑的 并且也不怎么黑 真

的很让人迷惑

[2022年6月23号 需要理发]

来芬兰之后 写了七千字 大部分都是补以前的 / 这周会集中地更新 / 我在想 漫长的冬天如果不出门 会不会写更多 不过可能也没啥好写的了 / 最近 我觉得 我要吃掉一只海鸥 它们才能感觉到我身上的杀气 从而不再从我手里抢食吃

[2022年6月25号 坚硬的地壳]

去湖里游泳 上岸烤香肠

[2022年7月10号 他说 大家都知道]

弟弟来芬兰做客 结果带着我玩了一圈 / 他说芬兰人都是仙子 我是地精 有点想踹他

[2022年7月11号 Entrecote（牛排）]

上周末去了巴黎 好久没吃米饭了 推荐一个中餐馆 爽 / 和朋友在塞纳河边喝酒 半夜 和那谁踩着一个滑板车回酒店 是最好的一个晚上 / 回到赫尔辛基 感觉 晚上天黑了一些

[2022年7月12号 亲爱的不二]

整理素材 总觉得 我的生活过得越清晰 你的故事就越模糊…… 希望在芬兰又能看到你的旅行 把故事都说完

[2022年7月13号 要来哦]

在墨尔本 我家附近的植物园 捐了把长椅 / 去了好几次 开始想选在中国植物区 后来 在小山坡上选了个地方 那里有棵春天时候会开满鲜花的树 想说读者来玩的时候可以坐一坐 / 别人来也好 短暂的陪伴

[2022年7月14号 地暖真好]

洗澡时 忽然想明白评论里 的留言 语言真的很奇妙 / 其实 只是四处走走 看着不错 也是开心的 但多少有流离的感觉 不觉得脚踏实地 / 我觉得最滋润的时候是在大连和爸妈住的那个月

[2022年7月15号 芬兰语课]

波尔图 有点像重庆 / 喜欢葡萄牙 老老 旧旧 拼凑的样子

[2022年7月17号 松树林]

想说即使驾驶位在左边 我也可以开 结果山路崎岖 五个拐弯以后 就分不清油门和刹车了 被换掉 / 在山顶的帐篷里过夜 漫天

的星星 我们在等流星 那谁说从没见过 我说我看过十几次 等了一阵 没有 刚想回帐篷 一颗流星划过 不过那谁没看到

[2022年7月21号 堤岸上的餐厅]

里斯本 太好玩了 快乐得让人有点受不了 开心 但这种日子不能常过 怀念荒芜的北欧

[2022年7月21号 石头山路]

在葡萄牙二手集市 收获颇丰 买了标本 油灯 二手衣服 小学生蘸钢笔水的小瓷瓶 旧盘子 / 想买二手床单 被 制止 / 海鲜吃得爽 就是晚上睡觉有点不舒服 感觉肚子里有海浪

[2022年7月31号 夏日音乐节]

芬兰的花很贵 上个月总想着 趁天黑去公园剪一些野花 结果天总也不黑 / 这个月是吃小龙虾的月份 北欧这里小龙虾烹饪很简单 就是莳萝和盐水 一个人发几个小龙虾 每个人都一本正经地做单面三明治 喝酒 唱歌 / 莳萝倒是很便宜 四块买一大把 回到家当花插 / 像烟火

[2022年7月 专栏]

我们在悉尼 墨尔本住了一周 见了一些朋友 开始飞芬兰

这个时候国外很多航线已经不要求查核酸检测结果了 只看是否完全接种疫苗 以防万一 我们俩还是去做了检测 飞机到达悉尼准备飞香港的时候 拿到结果 你显示阳性 这个时候 你已经打了两针国内疫苗 三针国外疫苗 没想到还是中了

飞机上你开始低烧 但总的来说 没有特别严重的症状

在香港和日本的机场 都还能感受到很强烈的 疫情的笼罩 香港机场很多洗手间不开 一些洗手间 只允许机场工作人员使用 日本的机场也有相对严格的管控 休息厅里很混乱 两个机场的店铺都关了

上了东京到赫尔辛基的飞机 你和我说 总算松了口气 明知道自己是芬兰人 肯定是可以回国的 但没上飞机之前 心里还是觉得不踏实

飞机上你吃了降温药 一直在睡觉 我睡不着 看了几集芬兰旅游局和中国驻芬兰大使馆制作的 旅行须知的影片 做得挺有趣的 其中有说到 芬兰的酒店 不提供暖水壶 还说芬兰是一个非常安全的国家 但逛街时候还是要小心钱包 视频里也暗指说 小偷不一定是芬兰本地人 也说到 在芬兰要注意人和人之间的距离 最有意思

的是说到芬兰语的时候 说芬兰话是一个非常奇特的小语种 自成一派 如果说中国人学外语 法语的难易程度是小狗的话 那么芬兰语的难易程度是 哥斯拉 看到这里我笑了

这一路飞得很顺利 我后来睡了一下 再起来的时候 已经服务早饭了 没多久我们就到了 赫尔辛基 我用我法国申根旅行签证过的海关 一切都很顺利

也不用填携带物品的申关表格 也没有人检查行李 直接就出来了

我想主要是芬兰实在是太冷了 不管什么外来物种 不论是动物还是植物 只要经历一个漫长的冬天 都要死光光 所以这个国家也有这个底气 什么都不怕 尽管来吧

澳洲 和新西兰恰恰相反 因为是岛国 气候适宜 食物链也相对简单 什么都怕被带进来 过海关的时候 恨不得把你鞋底的泥都刮一刮

你给你妹妹发消息说 你得了新冠 让她不要来接了 我们去她家拿钥匙 取车 然后住去你爸妈在市内的公寓

入乡随俗 因为出租车很贵 我们提着大大小小的行李 还有你在国内定做的一个不锈钢水槽 坐火车去你妹妹家 当时差不多早上六点 芬兰进入夏天 十五摄氏度左右 非常舒服 坐在火车里 我把头

抵着窗口向外看 沿路开满白色 紫色 粉色的野花 特别漂亮 好像置身童话里的感觉 我心想 这个莫名其妙的国度 之前我连首都都不知道在哪里的国家 以后可能就是我的家了 想到这里觉得 人生真的很奇妙

见到妹妹 拿了钥匙和车子 妹妹很可爱 说 她 和爸妈知道我们要去住 先去收拾了房子 准备了被褥 放了吃的喝的在冰箱 我们谢过妹妹 洛塔 就开车去爸妈市内的公寓 我后来才知道 你爸妈市内的公寓在大使馆区 离俄罗斯 美国 英国 荷兰 西班牙这些大使馆很近 后来和芬兰当地的朋友提到我们住哪里 他们都说 哦 fancy（想要）

公寓是一幢黄色的老楼 我说 你父母那么不喜欢俄罗斯 当初怎么在俄罗斯大使馆旁边买公寓 你说你也不清楚 公寓层高很高 有两个房间 两个厅 到处都干干净净 基本所有东西都是白色的 又测了下 你的结果两条红线更明显了 我还是显示阴 可能因为刚得过不久有抵抗力吧 我们决定分房间睡 洗了个澡 两个人就睡觉去了 我再醒来的时候 天已经亮了 我心想这时差也很容易倒嘛 结果一看表 才三点半 算是第一次体会极昼了

过了四五天你就转阴了

海鸥

在芬兰我们做了很多事 大部分都是户外的 不管是吃个薯条或者三明治 或者煎鱼 你都要坐外面 坐太阳下 公园里 我非常不喜欢这样 一方面我不喜欢晒太阳 另外一方面 我很怕鸟 特别是海鸥 我觉得它们是鸟类里面的黑社会 经常霸凌别的鸟 而且它们还 种族歧视 它们抢东西专门挑 亚洲人的面孔 我第一次被海鸥抢食 是在悉尼海鲜市场 当时和 几个朋友在海鲜市场里 买了炸鱼薯条 还有两只龙虾 花了一两百澳币 出来找了个桌子坐下 朋友说去买饮料让我在那里看着 他们刚走 就有海鸥飞过来 到我面前吃盘子里的东西 我被吓得跳开 这时候五六只海鸥一起飞上来 叽叽喳喳的把我们的吃的哄抢一空 旁边坐的人都往我们这边桌看 有的在摇头 有的在笑 我整个惊呆 又气又害臊 后来 我看到这些鸟 又攻击别的亚洲人 直接从他们手里抢吃的 但老外的桌子他们基本不去 就算上去了 也小心翼翼的

我觉得也许是老外不怕它们 真的上去抢食了 一拳上来 吃过苦头 所以记住了 那样长相的 不好惹 不知道我这个理论是否正确

不知道海鸥是否像狗一样 能感知到对方的气场 反正我觉得自从那以后 我的自信就被海鸥踩在脚底 基本上在世界各地的海边 只要我一吃东西 立刻就有海鸥飞来 抢吃的 所以我不喜欢在外面吃东西 芬兰 冬天特别冷 所以很多动物都长不大 比如 蜘蛛 蛇 其它鸟这些都小小的 无害的感觉 但单单海鸥很大 张开翅膀感觉有

蓝：陪安东尼度过漫长岁月 VI

一米多

我们在轮渡旁边的小市场买了薯条和煎鱼 我说我想在帐篷里吃 你说要拿去公园里吃 我说我怕海鸥 你说没事 公园人多 没有海鸥 我拗不过你 陪你去了公园找了个长椅坐着 来来往往真的很多人 没坐多久 就有一些鸟聚过来 不是什么大鸟 我也没有特别排斥 但过了一阵子 就有海鸥飞来对面的树上 盯着我看 你轻松自在地 吃着你的煎鱼 享受着阳光 我精神高度集中 每一根汗毛都立起来 拿一条鱼出来 快速地塞到嘴里 两只手捂住装吃的盒子 才开始嚼 就这样吃了半盒 我再次拿鱼的时候 转过头和你讲话 这时候一只大海鸥扑过来 从我手里把鱼抢走了 我故作镇定 但已经吓得不行 你和我说 喔 它们真的似乎只攻击你 你还好吗 我说我没事 你说 我第一次看到你这个样子 感觉所有的气势都没了 我说是 我说也许全世界的海鸥都知道我怕它们

后来我们往家走 我很安静 脑子里一直在想海鸥的事情 我说等下次 再有海鸥来抢我的吃的 我一定 拽住它 摔地上 然后把毛拔干净烤着吃 我觉得只有这样 我和海鸥的过节儿才能结束 才能解除这个魔咒 你笑 过了一会儿 我想想说 也许我做不到 但我可以先从乳鸽吃起

再后来和朋友出去 如果是有海鸥的地方 我基本都不点吃的了只喝啤酒

桑拿

Sauna 桑拿 可能是唯一一个 被全球接受 认识的 芬兰语

芬兰的桑拿和东北的澡堂子差不多 不过桑拿房的温度真的是高 八十度到一百度之间 我一直很好奇为什么人在里面可以坐很久也不会烫伤 经常有人一瓢水浇下去 热气上来 要立刻用毛巾捂住脸 否则热得脸疼

一周蒸两三次桑拿 我和你开玩笑说 你朋友的名字我都还没记清 他们的裸体倒是看了个遍 你笑

我有一些澳洲和国内的朋友问 不会不好意思吗 我说 我觉得不会 其实就和东北澡堂子差不多 我们从小就去澡堂子 觉得很正常 而且 也不会觉得色情 我不想很夸张地把 桑拿房形容得很神圣但它的确是一个很特别的空间 不论年纪大小 富贵贫贱 大家都坦诚相见 脂肪 伤疤 丰盈的肌肉 耷拉的皮肤 没有了遮盖和堂皇 大家各自在桑拿屋外清洗自己 桑拿房里 坐在纸上 看着外面平静的水面 流着汗 身体里的水分 盐 和毒素也排出来 然后走出去 跳到海里或者湖里 这样反复 看电视 里面说所有国家里 芬兰的快乐指数最高 他们冬天那么漫长又冷 我觉得让人难以置信 但我觉得和芬兰人亲近自然有关 深处湖水里 火焰前 树林间 有什么好烦恼的呢

蓝：陪安东尼度过漫长岁月 VI

芬兰我去过大大小小的桑拿屋里 我最喜欢的 一个位于 Lonna 岛上 要坐轮渡才能去 岛上有一个不错的餐厅 和表弟酒足饭饱后 你也下班赶来 我们一起去蒸桑拿 这里的桑拿要提前预约 因为要控制人的数量 否则影响舒适度 桑拿屋的样子很低调 就是一个黑顶的小木屋 但进去以后 就豁然开朗 有面向野花岩石和海湾 的宽阔走廊 每个人拿着从售票处取来的垫屁股用的方布 脱光了以后淋浴 然后进去桑拿房 座位被架高 这样外面看不进来 但里面 透过窗户 能看到外面的海面 时不时 有巨型游轮驶过 占满整个窗户 像在看一个动画片 按照当地习俗 靠近火炉的人负责加水升温 如果感觉温度已经够高了 但还想加一些的话 就要礼貌性地寻求下桑拿屋里每个人的意见 因为不是每个人都吃得消的 我比较耐热 一般坐得最久 表弟已经出去了 有人又加了一勺水 热气熏得我脸疼 用手摸头发都烫手 这时候我也会再坚持个 一两分钟再出去 不想让别人觉得 因为他加了水把我逼出去了 隔壁就是女生的桑拿房 蒸桑拿的时候 能听到对面断断续续 女生的对话 从桑拿房出来 就要换上泳裤 或者围着浴巾 因为面向海湾的 木头平台是男女共用的 可以买啤酒 和茶 感觉一些人就是下班后 一个人来岛上泡个桑拿 有一些人踩着坚硬的卵石 去海湾里游泳

水很冷 但没想到 表弟也愿意和我们一起 下海游泳 能感觉出来他特别开心 海水还是挺凉的 于是上岸以后再去桑拿房 回去桑拿房 要再脱光 有一些游客 不知道当地习俗 穿着泳裤去桑拿房 其实这挺不礼貌的 因为反复 穿脱也不方便 所以有的人就光着身子

围一条浴巾出去 到了海边把浴巾挂在树上 裸体进去游泳 出来的时候再围起来 总的来说 我觉得欧洲人对裸体这件事 还是非常自然而然的

另外一个我很喜欢的桑拿屋在 市中心 叫Kulttuurisauna（文化桑拿屋）是芬兰音乐家建筑师和他的日本妻子一起做的 不是很大 从外面看就是一个小小的仓库的样子 没有什么窗 第一次去 是你的好朋友 Jokim约的 他说这个桑拿屋有个音乐会 然后我们的桑拿约在音乐会那个时段里 去之前我没搞清楚 看音乐会怎么和蒸桑拿放到一起 进了屋子发现 门口摆满了鞋子 估计有五十多双

院子里坐满了人 有两三个人在树下演奏电子音乐 大家坐在堤岸上的草地上听歌 我们蒸桑拿的时间还有半小时 于是三个人 穿过人群 在靠近海边的水泥台阶坐下来 各个年纪 男女老少 都在很认真沉静地听歌 有一些人 背过去 看着海面听歌 不管是不是有新的人进来 大家脸上挂着笑 都非常安静 Jokim指着 弹琴的光头对我说 他就是这个桑拿馆的老板

其间不断有蒸桑拿的人 冒着热气出来 走过人群 跳到海里游泳 有好看的女生把浴巾挂在去海里的梯子上 光着身子去海里游泳 听歌的人不为所动 似乎一切都非常正常 我心想 北欧人真的酷 这个桑拿馆有种旧旧没落的感觉 连院子里的树 也长得不是茂盛且挺拔 但 不会让人 觉得颓败 只是觉得柔软 客厅没有火炉 但有个试

管一样的装置 高高地放置 和传统火炉形成强烈的对比 来自日本的妻子还给这个桑拿房做了个绘本 用简单的语言 解释这个桑拿房设计的思路 光 水 质感 明暗 饮食 有一些言语让人看了 眼前一亮 Jokim说他有的时候早上来蒸桑拿 游个泳 他特别喜欢这里的鸡蛋煮得软硬程度非常完美 说得 我也想早上来吃一个

简安从德国飞来找我玩 音乐节后的第二天 我带她来这里蒸桑拿 那天人很少 我们坐在树边看着海喝绿茶 她头发湿漉漉的 歪过头来看我 她说 安东尼你谈恋爱有一套 找到这么好的人 又能拿捏住对方 佩服 我尴尬地大笑出来 说你说啥呢 哪有什么手段 只是棋逢对手而已 简安说 芬兰男的 总的来说没有德国的好看 但很通人气 感觉很适合做伴侣 我说是

爸妈家

你新冠转阴之后 我们安排去你乡下的爸妈家做客 去的前一周你就开始问我 我会做什么菜 我说包一个三鲜馄饨 做一个煎鱼配野蘑菇 做个色拉 你问我 馄饨怎么个三鲜法 现在没有你要的那种橘红色野蘑菇怎么办 色拉具体什么色拉 我有点不耐烦 说不用想那么细 等去了市场 看什么新鲜 买什么就行 大概知道要做什么就够了

你问我要不要去爸妈那里之前 我们自己做一下尝尝 我说那多无聊 我不想接二连三地做一样的菜 要么这样 我们去之前 可以把馄饨包好 冷冻了 拿过去 这样子当天也不用忙活 去乡下的前一天

我们去市场 我当时有点傻眼 菜市场里的选择和墨尔本相比非常的局限 蔬菜水果不说 明明芬兰靠海 但海鲜店百分之八十都在卖三文鱼 剩下的统称白鱼 三个海鲜店只有一个卖虾 而且都很贵 语言不通 我选了一个最贵的 看着很新鲜的白鱼 没有特别奇特的蘑菇就买了一些普通的树菇 买了色拉叶子 一些莓果 梨 还有蓝纹起司准备做个色拉 芬兰的物价很贵

去亚洲超市买了馄饨皮 韭菜 麻椒 和老干妈 包了馄饨 晚上叫洛塔一起来吃 她非常喜欢 我心里有底了 剩下的放去冰箱冷冻了结果第二天打包的时候 冷冻的馄饨皮 有一半都裂开了 我也不知道什么原因 是冰箱太冷了吗 怀着忐忑的心情 我们上路了

这是第二次见你爸妈 第一次 我们去他们农场的家 你妈妈站在门口 我一下车 她看到我就哭了出来 我想心情可能很复杂吧 你爸很逗 有点紧张 但他的英语比妈妈的要好很多 送给我一支笔 上面有他的名字和电话 他说在芬兰发生任何问题 打这个电话 他都能摆平 我笑 欣然收下

时隔两三年 再见到 觉得自然 又亲切了不少 这个小镇的房子是你妈妈设计的 当时还上了杂志 你带我楼上楼下看了房子 你爸问我想不想出海 我说好啊 于是你爸开船 我们三个坐快艇出去转了一圈 芬兰人很听话 坐快艇也像坐车系安全带一样 每个人都穿着救生衣 一边开你爸就一边介绍 那个是造纸厂 那个是造船厂 他指着一个样子很奇特的船 问我 你知道这个是什么船吗 我说我猜

不出来 军舰吗 他说这个是破冰船 这个船马力很高 皮厚 这样冬天即使其他船只也可以进出海港

回家开始做饭 把鱼肉腌制了下 心想这味道和肉的质感都不太对 后悔当时没听你的话 提前尝试下 煎鱼肉的时候尝了下 那个口感犹如胶皮一样 不是细腻的 我心想 要垮 鱼煎得差不多的时候 我烧水煮馄饨 告诉大家十分钟后开始吃饭 大家开始上桌等 不知道是炉台还是锅的问题 那个水总是不开 烧了十分钟 也只是小泡 没有大开 等不及了 我把馄饨放进去 后来吃的时候 我发现那个馄饨里有点生 但我没说 不知道你爸妈 有没有察觉出来（我一直 你爸妈 的这么说 有点不礼貌 爸爸叫米口 妈妈叫白薇……是的我当时就是按照啤酒名字记住的）

米口和白薇都夸馄饨好吃 我心想 生的你们都不知道 对不住了 米口很喜欢老干妈 说这个辣椒酱好 很香

那个鱼真的太难吃了 不知道为什么 本来我做饭很好吃的 但每次关键时候都掉链子 白薇只吃了一半 她说 都很好吃 但我实在吃太饱了 谢谢你 为我们做了这么丰盛的午餐 我说不客气 不好意思 我今天发挥得不好 因为不会芬兰语 沟通不行 买了不认识的鱼只挑最贵的买 结果弄错了

午饭后 喝了茶和咖啡 白薇组织去院子里玩游戏 先玩飞镖 大家胜负心都很重 玩得很认真

米口得了第一名 我第二 第二个游戏的名字我忘记了 规则我

也有点想不起来 是一个投掷类的游戏 每一个小木桩上还有分数 所以不光要扔得准 还要计算分数 你 和白薇都玩得很差 你水平真的差得出奇 好几次一个都没打到 我觉得 米口都觉得你给家里丢人 洛塔玩得不错 但我和你爸分数最高 最后一局 我和你爸分数相当 他扔出了一个高分 我当时心想 前几局打得好的时候 可能反应有点嚣张 现在 划个水 随便扔一个就好 结果一扔 正好打中了 我需要的分数 而且还没碰到别的木桩 得了个最高分 赢了这个游戏的第一名 高兴得跳了起来 我察觉到米口有点失落 于是立刻收敛了点 白薇对我说 扔得很好 很厉害 我说哪里 哪里 只是新人的幸运罢了 回到家里 米口给我一盒巧克力 他说这个是奖品 我笑着感谢收下

傍晚你和父母 妹妹在聊天 我去靠近海边的玻璃房聊天 晚上去湖里游泳

接下来这段时间 又见了白薇 米口几次 相处越来越融洽 离开芬兰之前 我们去吃饭 临走前 白薇语重心长地和我说 相处很重要 只有相处才能走得更近 这次你来芬兰过夏天 我和米口都很开心 了解你更多 你是个非常美好的男生……说得我都脸红了 我说谢谢你 每一次的招待 谢谢让我们住你们市内的公寓 期待下一次再见

从第一次见面 在门口掉下眼泪 到 这次离开时候的不舍 回去的时候 我在车里和你说 我觉得这次芬兰的夏天之行非常成功 我

非常喜欢你的父母 我觉得白薇没有你说的那么严格 你说 可能年纪大了 变得柔软了很多

天色渐晚 我们在满是森林的高速路上前行

[2022年8月9号 *Bones and All*《骨及所有》]

东西非常一般 甚至有点难吃的时候 服务员来问 东西怎么样 你怎么回答…… / 我一脸尴尬地笑 很地 说好吃

[2022年8月9号 一轮明月]

有的时候 晚饭后我们散步 坐在海边 我会想我怎么会出现在这里 过这样的生活 怎么就走进了你的世界

这样的想法在入睡前 骤然而止 我从后面抱住你的时候 感觉是像在抱住自己 原来你出现后 我是走进了 我的生活

[2022年8月10号 Lemaire（勒梅尔）]

有件薄外套 在风中的样子很好看 每次穿我都走得飞快 比地图显示 提前到达

[2022年8月11号 明年是兔年]

写给 这些《都是你给我的爱》展览

平时写完东西有个习惯 写完就写完了 不会再拿来读 所以我上次看这个绘本已经是十年前的事情了

因为这次展览 我又把这本书从书柜拿出来 仔细阅读了遍

读的时候 脑子一直在转　当时真的很胡来啊　这里有偷懒我还写了这样的对话吗　那里用词不对 好喜欢大段大段的感慨啊…… 真的是不好意思 写这里的 那种心情 之后没再有过了……大部分是关于文字和图的 很直观的 分析和想法

合上书 躺在沙发上 感觉心好像被捏了下 仔细想想 这十几年我真的去了很多地方 见了很多的人 看过很多开满花的树 但 我没有一五一十地按照书里那样 捧着那样柔软 而又温热的心在爱别人和接受别人的爱

尽管现在过得很好 也有彼此相爱的人 甚至读到 不可爱的时候 知道适可而止 寂寞的时候 知道你在爱我 还拍照　连带英文把这页发给你 说 I wrote this when I was 24. Now I know（我二十四岁时写的，现在我知道了）　你回复说 I’m glad you feel this way. I do too.（我很高兴你有这种感觉。我也是这样的。）

已经拥有 当时想要的那样的 爱恋了

可是现在仔细阅读这本书 面对着兔子男孩 还是会有一种 莫名的 愧疚

可能这就是 年少时 才会发生的故事 才会写的东西吧

现在这些话和图 从纸上跳出来 变成了一个展览 觉得真的不可思议

书上的扉页写 这本书 送给 曾经陪我一起傻的你

我觉得这个展览 是送给之前 傻傻的爱 的自己

和现在 在认认真真 难能可贵的 爱着的 你们 的

[2022年8月12号 在时光里穿梭]

这次在爱丁堡 看了十几个戏 很爽 脑洞大开 / 推荐 Virgin Hotel 感觉住在糖果罐子里 早餐也很棒 / 回芬兰了 再住几周就回墨尔本 不知道 现在是否暖和点

[2022年8月18号 蓝紫]

看了很多留言 也关注了很多读者……觉得很温暖 谢谢你们喜欢新书 还有两本了

[2022年8月27号 南半球]

回墨尔本约了Miho 理发 她说你别打车回家了 走回去吧 才一小时 / 走了几步 发现地上清理的枝条 捧了一大捆 打车回家了 / 嗯 我回家了

[2022年9月10号 欧文 新婚快乐]

刘洋（欧文）是我大学时期 形影不离的好朋友

在我眼里 刘洋既天真无邪 又老谋深算 我有任何问题都会找他 听他的意见

他帮我决定和分析了 什么时候出国 冬天的时候 我有些迟疑要不要去上海 最世 他全力支持我去 特别冷的冬天 在火车站送我后来他又告诉我 你应该写博客 出国以后他又推荐我在阿德莱德他们家附近买房子

基本上他说的都对了 没听的 都挺后悔

今天 我们所有朋友 同学 参加一鸣和欧文的婚礼 在这里见证欧文做得最好的决定之一 都由衷地为他们开心

一鸣同学 善良 又漂亮 温柔同时又有独当一面的坚强 早已经成为我们的朋友

之前我们住在墨尔本 刘洋住阿德莱德

知道他去酒店工作 在汉堡店工作 研究生毕业 开始卖车 生意红火 尽管我们经常打电话 也偶尔见面 每次见面他都拿着大钱包和厚厚一沓现金 但还是不知道他到底在那里过得怎么样

现在再想到刘洋 我们知道了 他在阿德莱德 和喜欢的人在一起 日子过得很好

一鸣 刘洋 祝你们新婚快乐

[2022年9月14号 Commercial Rd（商业路）]

换了些家具 外面很冷 家里光很足很热 …… 明年准备出《蓝》

[2022年9月17号 微博日记]

不可名状的 悲伤之一 是 网上填表格 生日这栏 往下滚了三圈 还没出现属于自己的年份 / 今天把拖把从房客那拿回来 准备大扫除 送了她一束花 / 太爱墨尔本这种 清冷 昏暗 潮湿 又不疼不痒的 初春 但有变化也很好

[2022年9月20号 五二五四]

做腰果南瓜汤 想买一点chives（细香葱）装饰 超市在楼下 但我已经习惯了不逛超市网上下单 click and collect（在线下单）付款的时候觉得有点贵 没想太多 回家才发现 选错 买了八盒…… 于是现在开始包三鲜馄饨

[2022年9月22号 水晶灯价格翻倍]

给那谁发了张自拍 回复说 我喜欢你这张大脸…… 有一点开心 又有些唏嘘

[2022年9月23号 一天两餐]

朋友来吃早餐 我做了鹰嘴豆泥 西红柿特别新鲜 我好喜欢吃茄子/ 最近用的香水来自 Fiele Fragrances（菲勒香氛）

有一点像兑了水的黄瓜汁的颜色 味道很干净 却有一种暖意 它的暖不像是很多冬天的香水 里面有皮革 浓郁的香草和香料的味道而叠加出来的暖 它的暖像是一片片被压平 晒干了的花朵 不论是味道 触感还是颜色 都给人一种被阳光包裹的错觉

[2022年9月29号 喝了 喝了的可乐]

亲爱的不二 我过得很好 Echo也很好 我们都知道你也很好 但

看到大家发来你在 上海 和广州两地的照片 坐在那里的样子 还是有点想哭 为什么呢 我也说不好 / 请大家看到不二的时候 帮我好好地给他一个拥抱 谢谢

[2022年10月4号 有一种酸楚 叫 明白]

每次买完彩票 都会有点担心中奖

[2022年10月27号 月底你就来了]

为读者 和来植物园散步的人 捐了把椅子 / 据说 后面这棵树 春天的时候会开满花 / “Some people do spend their whole lives together.（有些人可以携手走过一生一世。）”

[2022年10月31号 芬兰剪刀]

最近两个人一起在家工作 各占长桌一个宽边 / 吃东西很不同步 你早起 喝咖啡 咕嘟咕嘟 的时候我在睡觉 我起来煮鸡蛋 给你泡菜一起吃 你不要 下午三四点 你饿了 做三明治 干巴巴的面包 冷肉 起司 看了一眼我说不要 谢谢 / 晚饭把冰箱剩菜炒一炒 加两个鸡蛋 做炒饭 这个两个人都喜欢吃 / 去机场接你 一抱 我说你是不是换香水了 你说是 我说 脂粉味太重 …… / 两天过去了 我觉得还挺好闻 自己喷了下

[2022年10月 专栏 一个人的游戏]

我不知道要怎么写这一篇 感觉好想要用 一千字说一个 不能说的故事

其实我很羡慕你 可以毫无防备地 轻轻松松 干干净净地走入这个剧 走入这个奇妙的世界

我和领导是通过朋友介绍在伦敦认识的 相约在莎士比亚工作室 她当时工作的地方见面 然后一起去吃饭 我插花课放学直接过去的 抱着两大束花过去 快速地打了招呼 她说还有点事我们十五分钟后可以离开 期间我把比较小的花束打开 把花分了出来 插在她们办公室的瓶瓶罐罐里 领导出来以后 鼓掌说 太美了 太好了 走我请你吃饭 我们去××× 派头和气势都很像领导 所以之后我就开始叫她领导了

领导答应我 在伦敦帮我找对象 带我参加了一些酒会 看了很多剧 结果对象没找到 我俩成了酒肉朋友和 戏搭子

今年年初的时候 领导和我说 有两个比利时的剧 *A game of you*（《一个人的游戏》）*Smile off your face*（《一个人的微笑》）我想把它们带来中国 我觉得你一定喜欢 如果有机会 你可以来演 特别好玩 特别动人

我问她是什么样的剧 她说两个剧都是 单独体验的 五六个人

围绕着一个观众表演 一次只能一个人 一天最多只能卖六十张票 你之前绝对没看过这样的戏

今年夏天我和那谁 去爱丁堡艺术节 领导说我们戏的剧团也参与了戏剧节 你可以去看看《一个人的微笑》感受下 我给你俩安排票 不过你俩安排不到一天 她反复叮嘱那谁 看完了不要告诉我任何事情 不要有剧透

那谁去看的那天 我在门口等 一个非常招人喜欢的男生出来接那谁进去以后 其间有两个人出来 年纪大的女士脸上带着微笑 那种微笑有种把右手伸到猫肚皮底下的那种温柔 另外一个年轻女生在等她 等下也要进去的朋友说 天啊 你一定会喜欢的 太奇妙了 太有趣了 脸上有抑制不住的笑容

过了一阵子那谁出来了 这家伙嘴真的很紧 看样子什么都不想透漏 我起身着急要走 去看别的剧 那谁抓住我说 我们能在这里坐一下吗 我要回味一下 我恬不知耻地说 你给我讲讲呗 那谁说 你要自己看 我只能和你说 真的很有趣 而且 我被推出来以后 也不知道这个表演结束了 在那个空房间坐了一阵子 以为还在演 特别恍惚

第二天 我就去看了 一个字 爽

我不想一步步地描写我的感受 我觉得这个剧美妙之处就是 很多事情会发生 很多答案会被挖掘 不同的感受会被激发 所以我这

里写太多会影响大家的体验

大概总结下 我当时的一些心情和情绪：排斥 警觉 克制 害羞 微笑 微笑 爱 微笑 思考 微笑 非常害羞 大笑 眼泪 哇哦 温柔 微笑 结束了吗 我不想出来 还没玩够 让我回去……现在可不可以不要采访我 我要静一静 ……

这样说够概括 不算剧透了吧 我觉得看完这个剧 最差劲的就是剧透

但这个剧里有些东西 即使剧透也是你 拿不走的

比如我七月的时候看的剧 现在十一月了 剧里有一个眼神 我现在也会不时地回味 也会尝试用 那个眼神看生活中 我在乎的人

还有一句对白 即使现在进入夏日的墨尔本 它还是可以温暖我 不是温度上的含义 觉得自己是一朵花 在最美的时刻 被看到 放到掌心小心翼翼地托起 所以即使想到以后凋谢 或者 在风里吹去个什么地方也不怕

写这篇的时候 又哭了下 为什么哭了 我也不清楚 可能有的时候 人就是要哭的

写到这里 又笑了出来

蓝：陪安东尼度过漫长岁月 VI

我不知道是巧合 还是领导故意的 两个剧 从游戏到微笑 都叫一个人

2019年年末 到现在 与之前的日子不一样 很多时候我们都是一个人 没有游戏 少了微笑

希望这两个柔软又倔强的剧 可以暂时地把你从大环境拉出来 可以看清自己 感受自己 拥抱一下自己

《一个人的游戏》马上就要和大家见面了 接着《一个人的微笑》春天揭晓

我觉得只要你放轻松 让“一个人”系列带你进入它的世界 你的内心 就能从这个系列的剧里找到一个人面对这人生旅程的宝物 可能是火种 地图 盔甲 宝剑 咒语…… 可以带上它们 继续之后的旅行

[2022年11月11号 玫瑰好贵]

最近在一个叫 莫奈 的花店上班 希望以后也能有自己的花店/去看朋友打沙滩排球 觉得爽 也报名了 / 我们去海边 你问我捡晒干了的海带回去干什么 我说可以放到浴缸里 泡澡 你笑

[2022年11月14号 兔子纸镇]

《陪安》电影 上映七年了 都很好 / 那时候 Harry 在剧组拍照

一个海边拍摄的照片 在柯达摄影比赛上得了奖 我在展览上把它买了下来 尝试了几个地方 最后发现挂卫生间最合适 每天都认真看看

[2022年11月15号 火山爆发]

新的《王冠》中的女王 看得总是跳戏 喜欢不起来 总觉得她会体罚 小孩 不是个好人…… 可能演得太好 《哈利·波特》印象太深

[2022年11月22号 我愿意]

接了婚礼的鲜花布置 法式的 我有点做够了 想做些不一样的 比如挂西红柿 或者葡萄 / 婚礼那天 新娘笑得特别开心 很有感染力 新郎特别客气 很羡慕他们

[2022年11月28号 夏夏弄]

之前会想 为什么把 天灾放在人祸前面 最近明白了 人祸比天灾可怕

[2022年11月 专栏]

你来了一个月 说因为Adams St. 的公寓只有六十平 我们两个

住太小了 所以我们搬回去了 Prahran（普拉兰） 的上下层的公寓

你来了没多久就开始 折腾 捣鼓起家具 说客厅的冰箱应该放到厨房角落 客厅的位置 可以做一些柜子 悬空的那种 说在电视墙上也做一些悬空的柜子 于是经常从花店下班回家 家里都变样 我觉得你真的是不怕折腾

其间去了次悉尼 比起墨尔本似乎你更喜欢悉尼 说喜欢那里的街道 气候 特别是沙滩 我们差不多每次去沙滩都闹不愉快 我不喜欢泳池或者沙滩边的假期 特别是 躺在那里晒太阳那种 偏偏你就特别喜欢 泳池和海滩 每次我说要离开你就有点生气 说还想再待几个小时 最后一次我们去 Bondi（邦迪） 海滩不愉快之后达成共识 以后我有义务陪你去海滩 但最多待一个小时 超过一小时我就可以离开 如果你喜欢你可以继续待着

我们去 悉尼歌剧院 之前明明来过 这次又来 你还是不断感叹说这个设计太棒了 我说你什么时候也能做一个这样的设计啊 你说你这个问题 就好像我问你 什么时候 可以得 诺贝尔文学奖啊 我一想也对 要求有点过分了

悉尼歌剧院人山人海 我们去海边的时候 也有很多人在晒太阳冲浪 看着眼前这番景象 再看看国内的新闻 心情很失落 也有一些不解 感觉好像是两个世界

明明和朋友们在美好的天地里玩 但总觉得笑不出来 我把这个心情和编辑说

她告诉我说 看到不太好的新闻 不要把自己的思考丢去一个宏观的情境里 尽量去看一些具体发生的事 一些积极的事 现在很多发生的事情 超过了我们的认知 网络上又有许多虚假的新闻 你现在身在国外 那你就要好好生活 好好吃饭 不能在场的话 就在日常生活中帮助身边的人 总之 心怀希望 我说 你说得真好 谢谢你

回到墨尔本 你的一对好朋友 多年的恋人分手了 其中被分手的男生情绪很低落 在看情感方面的心理医生 你和我说 那个心理医生在咨询里说 两个恋人如果想在一起长久 要做到三条

1 有共同的生活目标

2 可以有良好的沟通

3 有可以一起做的事 比如看书 看电视 运动 工作 爱好这些

你说 你想了一下 觉得大部分我们都做到了 我说好像是的

晚上 躺在床上 你问我未来几年的目标是什么 你说 你的目标是 四十岁以前生小孩 看到你的设计在中国建成 在芬兰的小岛上有自己的度假小屋 每年在上海工作半年 剩下时间一部分在芬兰一

蓝：陪安东尼度过漫长岁月 VI

部分在澳洲

我说 我在墨尔本生活的时候最开心 上海对我来说节奏太快了 但如果你要留在上海工作的话 我每年能在那里住三四个月 夏天的时候去芬兰住也行 我想在墨尔本开一个花店 或者饭店 如果我们有了小孩 我们可以搬去芬兰 那里的教育更好 小朋友会成长的没什么压力 还想继续写东西 未来四年内把《陪》系列写完

今年圣诞我们准备去新西兰南岛自驾游 新年以后 你回芬兰陪爸妈住一个月 然后飞上海 现在疫情控制放松了 有消息说 从海外归国的政策会有更改 如果不需要隔离了 我打算回国过年 然后二月和你在上海相见 住几周 回墨尔本开花店

一转眼三年 似乎要走出疫情的阴霾了 而关于人生 我们好像也有了一些更明确的方向

感觉一切都不错 对接下来的生活 仍然满是期待

新家的粉刷 基本上是我们三个完成的
离镜头近的女生 叫Kate 房子是她设计的 我本来想找人来刷的
她说 家具太美了 如果找专业的人来刷 反倒盖住了家具的美
她这么一说 我就懂了 其实插花也这样

每过几年 我们都拿着之前的照片 在一起又合照一张
但过去三年 因为疫情 没有在一起聚过

a journey, through time, with Anthony

有那么一阵子 在墨尔本
大家都戴口罩 我觉得
城市里的人 颜值高了很多

一直喜欢
直射到屋里的光斑
和树冠在风中摇动

新家没有煤气 我一直担心做饭不方便 少了火气 电磁炉用惯了 竟然还挺喜欢
温度可以把握得很精准 如果给一个人做饭 是爱的体现
那煤气 和电磁炉 是两种不同的

这顶Prada 的帽子 是我在2022年最喜欢的单品
后来在新西兰弄丢了 又买了一顶 然后决定
如果再丢一次 就不买了

在北欧的小岛上过夜 灯塔里只能住三户人家 晚餐很好吃
我在写答应要寄给读者的明信片 很惭愧写不出什么花样
担心读者收到后会失落

a journey, through time, with Anthony

那谁到哪里都要游泳 我不太喜欢沾水 却也都陪着
往往游了几圈那谁就说水冷要走 我却起了兴致 不想离开
即使是 冬泳 我觉得因为我反应比较慢 不太怕冷

这几年买过几次白裤子 但后来都没穿 总觉得哪里不对劲

后来在巴黎买了一条喜欢的

这几年穿运动裤的频率太高了 感觉要改一改

在葡萄牙 荒芜的小山 撑起帐篷过夜
经常 住酒店 我都会胡思乱想 竖起耳朵听声音
但和你一起 荒郊野岭 也不害怕

我以为我的帽子檐儿 已经很大了
结果 遇到领导时
她的帽子能盖住上半身
领导还是 领导

简安来芬兰找我玩 经常一脸八卦
笑着 指着我说
你谈恋爱还是很有手段的
我总是 不明所以 皱着眉头说 啥

我觉得 在国外 如果能住在中国大使馆附近 也不错
感觉和祖国离得很近
不过 使馆的选址都是很好的区
房子都不便宜

这次的婚礼布置 我和Ted 拿来的扎绳 总是断 固定得不太牢

眼看新娘就要进场了 我们还在想办法固定

后来匆匆离场 两个人都没敢走 生怕 花掉下来 打到新人

愣是在角落看完整个婚礼才回家

我们一直想有一家自己的花店……未遂

每次要签合同就出问题 很多时候 很难分辨

是好事多磨 还是该 知难而退

做花和做饭的时候都是非常开心的
感觉和 衣食住行 相关的事
我都喜欢 不怕折腾

年后和Harry 在大连住了几天 明明是我的城市 却对它有距离感
可能真的走得太久 太远了 还好 对人的感觉 没有变化
见小学老师 同学 仍然 一见如故 分外亲切

这张照片 是今年正月十五 第二天早上拍的

十五的晚上 大连放了很多鞭炮 所以第二天早上 空气不是很好

拍的时候 我心想 希望 国泰 民安

图书在版编目（CIP）数据

蓝：陪安东尼度过漫长岁月. VI / 安东尼著. --长沙：湖南文艺出版社, 2023.12（2025.12重印）
ISBN 978-7-5726-1368-5

Ⅰ. ①蓝… Ⅱ. ①安… Ⅲ. ①散文集－中国－当代
Ⅳ. ①I267

中国国家版本馆CIP数据核字(2023)第215022号

蓝：陪安东尼度过漫长岁月VI
LAN PEI ANDONGNI DUGUO MANCHANG SUIYUE VI

作　　者：安东尼
出 版 人：陈新文
责任编辑：李　阔
出版统筹：邓　理
选题策划：付　婷
装帧设计：松树@CONS PROS
内文设计：胡小西
美术执行：杨　平　阿　娅
插画绘制：Echo
出版发行：湖南文艺出版社
　　（长沙市雨花区东二环一段508号　邮编：410014）
网　址：www.hnwy.net
印　刷：深圳市福圣印刷有限公司
经　销：新华书店
开　本：787mm × 1092mm　1/32
字　数：200千字
印　张：9.75
版　次：2023年12月第1版
印　次：2025年12月第7次印刷
书　号：ISBN 978-7-5726-1368-5
定　价：48.00元